인연
만남 사랑
그리고
우리는
이야기

인연, 만남, 사랑 그리고 우리들 이야기

펴 낸 날   2023년 2월 14일

지 은 이   김유걸
펴 낸 이   이기성
편집팀장   이윤숙
기획편집   윤가영, 이지희, 서해주
표지디자인   윤가영
책임마케팅   강보현, 김성욱
펴 낸 곳   도서출판 생각나눔
출판등록   제 2018-000288호
주   소   서울 잔다리로7안길 22, 태성빌딩 3층
전   화   02-325-5100
팩   스   02-325-5101
홈페이지   www.생각나눔.kr
이 메 일   bookmain@think-book.com

• 책값은 표지 뒷면에 표기되어 있습니다.
   ISBN   979-11-7048-527-8(03810)

김유걸 지음

인연 만남 사랑 그리고 우리들 이야기

생각나눔

작가의 말

우연히 만나

작은 관심에 인연이 되고

그 인연 속에 사랑은

한 줄의 시가 되어

우리들 곁에 머물고

퇴색된 추억의 노트는

한편의 산문이 되어

아름다운 인생 이야기가 됩니다

하나둘씩 모인 글과

미소 짓는 추억들은

이제 나만의 이야기가 아닌

우리들 이야기되어

따뜻한 가슴과 잔잔한 미소를 머금고

모든 이들을 사랑하며

살아갈 것입니다

목차

Part 2 만남

Part 3 사랑, 우리들의 이야기

Part 1

인연

중국 심양(shen yang)

남쪽 사람 북쪽 사람

선양(심양)은 중국 랴오닝성(요령성, 遼寧省)의 중
심도시이고 동북 3성(요령성, 길림성, 흑룡강성)에서 가장 큰 도시이
며, 인구는 대략 800만 정도이다.

1625년 후금의 1대 황제 누르하치는 선양을 후금의 도읍지로 정
하고 궁궐을 지을 것을 명령하였다 후금의 누루아치가 심양을 도읍
지로 정한 이유는 북쪽으로 몽골을 정벌할 수 있고, 명나라를 정벌
할 때면 랴오허(遼河: 요하)강(중국 동북 지역 평원을 가로지르는 강
길이가 1,400km에 이른다.)만 건너면 되는 유리한 위치에 있었기 때
문이었다. 그러나 후금의 1대 황제 누르아치는 고궁이 완성되기 전
사망하였다.

후금의 탄생 배경에는 명나라가 조선의 우방국으로 임진왜란 때
파병을 보내 왜군과 싸우면서 명나라가 지배하던 만주에 권력의 공
백이 생기는 과정에서 오랑캐라 불리는 여진족의 수장 누르아치가

만주 지역에 세운 독립 국가가 바로 후금이었다.

훗날 후금은 베이징을 수도로 한 청나라의 모태가 된 것이었다. 제2대 황제인 홍타이지가 1636년 궁궐을 완성하여 지금의 수도 베이징으로 천도하기 전까지 9년 정도 사용하였다고 한다. 이후 청나라 황제들은 동북 지역순회 혹은 조상의 제사를 지낼 때 심양에 위치한 소궁을 이용하였다 한다. 그래서 심양을 청나라의 성경(盛京)이라고 부르기도 하였다.

'따르릉'

'따르릉'

막 잠을 자려고 하는데 전화벨 소리가 울린다.

"누구지?"

"여보세요! 형님! 나라우!"

"어잉? 웬일이라? 늦은 밤에 전화를 다 하고. 뭔 일 있나?"

"내래 좀 전 단동에 도착했다우. 압록강 다리를 건너. 북조선 세관에서 입국절차를 밟고 있수. 아무리 시간이 촉박해도 형님에게 전화를 해야겠기에…, 세관 초소 뒤편으로 가서 전화를 한다오…"

"아~! 동상! 오늘 북조선으로 돌아가는구나!"

"야! 내래 오전에 급하게 심양 업무 정리하고 동료들과 오후 열차 타고 단동에 도착했습메."

2011년 12월 아버지 김정일 사망과 동시에 수년 전부터 준비된 김정은이 권력을 세습하였다. 리 선생이 북조선으로 돌아갈 시점이 대략 2011년 4월경이었으니 그 시점 북조선은 김정은 권력세습에 박차를 가하며, 불안정한 북조선 정세에 해외에 나가 있는 동포들을 전부 귀국시키라는 명령이 하달되었다고 한다.

아마도 인민군 대장 겸 국방위 부위원장 권력을 가지고 있었고, 해외사업을 주도하여 엄청난 자금도 가지고 있는 장성택을 숙청하기 위한 첫 단계였던 것 같았다.

"형님, 메! 이 보위부 간나이 새끼들이 하루빨리 귀국하라고 얼마나 닦달을 하는 통에 심양에서 형님과 이별주 한 잔 못 하고 이렇게 헤어지니…, 섭섭하고 아쉬운 마음 어쩐다요…!"

2주 전 서탑에서 만나 술 한잔하며 노래방도 갔었는데 정확한 날짜는 모르고 조만간 평양으로 돌아갈 것 같다고 아쉬운 표정과 가족들을 만날 들뜬 마음이 교차한다면서 주절주절 얘기를 나누었는데, 그날이 오늘이었던 것이었다.

"그렇구나…. 섭섭해서 우짜노? 언제 다시 만나겠노? 북조선 너거 집 평양 아이가?"

"맞슴메 형님메~! 심양에 또 올 수 있을지는 기약 없지만, 꼭 다시 오도록 노력할 것임메. 형님은 언제까지 심양에 있을 예정임메?"

"글쎄…."

"벌써 심양 온 지 3년의 세월이 흘렀다 아이가…. 한국 가족들도 철수하라고 하고, 나도 한 1년 정도 더 버텨보고 큰 희망이 보이지 않으면… 그전이라도 한국으로 돌아갈 것 같다. 혹…, 동생이 심양에 다시 나오게 되면 내가 없더라도 알려준 한국 휴대폰으로 전화하면 될 것 같다. 그리고 북조선 돌아가면 얼굴은 본 적 없지만, 제수씨에게 안부 전해주고 남조선 친구 만나 재미나고 즐겁게 보낸 이야기 들려주려무나."

"야. 형님! 정말 너무 고마웠고, 형님이 준 아이들 선물과 마누라 선물, 그리고 부모님 선물까지 내 어찌 잊을 수 있겠습메?

"뭘, 내가 그리줬다 카노! 니가 북조선 돌아가는 정확한 날짜 알았더라면 함께 간직할 수 있는 아름다운 추억을 더 만들 수가 있었는데…. 조금 섭섭하구먼."

"야! 형님메."

인제 그만 가야 한다는 리 선생과의 마지막 통화를 하고 나니 그동안 추억들이 주마등 같이 스치며 한동안 아쉬움에 잠을 이룰 수가 없었다.

처음 만남…

2010년 11월 정도가 된 것 같다

심양에서 한국백화점을 가오픈하고 백화점 총관리 업무와 나의 개인 가게를 1층 코너 쪽에 오픈하였다. 평수는 대략 40~50평 정도 규모에 한국 함양군 특산품과 전라남도 진도 특산품 홍주 등 기타 여러 가지 잡화를 판매하였다.

어느 날 퇴근 무렵 고동색 두꺼운 외투를 걸친 마르고 까무잡잡한 남자 4명이 매장에 들어왔다. 누가 봐도 북조선 사람이었다. 매장 조선족 직원과 물건을 고르며 가격을 물어보는 것 같았다.

별로 반갑지 않은 손님인 것 같았다.

"김 양아, 북조선 손님 원하는 대로 돈 받고 빨리 마감하고 퇴근하자…"

심양은 동북에 위치해 있는 도시로 북한 사람들이 많이 살고 있다. 조선 민주주의 인민 공화국 영사관 무역회사 주재원 탈북자 검거에 독이 올라있는 보위부 사람 등 북한식당에 가면 자주 볼 수 있고 때에 따라서 무역 주재원들과 작게나마 무역업도 할 수 있었다. 그렇게 북조선 손님과의 첫 만남이 이루어졌다.

두 번째 만남

　　10여 일이 지난 후 점심시간이 막 지났을 무렵, 전번에 방문한 북한 사람 2명이 매장으로 들어왔다. 마침 조선족 직원은 늦은 점심을 먹고 은행에 보냈기에 내가 손님들을 맞이하였다.

　두 번째여서 그런지 별 부담 없이 얘기를 하며 아이들 운동화 그리고 여성 블라우스, 여성 겨울 코트, 남성 페딩 등 다양하게 고르는 것이었다. 얼추 인민페 4,000위안 정도 될 것 같았다.

"사장님! 가격을 좀 깎아주시라요…."

내가 받아야 할 물건값은 DC해서 3,600위안 정도였다

"도대체, 얼마를 깎아달라는 것입니까?"

"우리래, 가진 돈이 2,000위안밖에 없수다."

　한편으로는 딱해 보이기도 하고, 많이 손해 보는 것은 아니어서 마침 은행 갔다 돌아오는 매장 직원에게 포장하라고 지시하고 북조선 손님들과 사무실에서 커피 한잔하면서 잠깐 대화를 나누었다.

"가족들 모두 같이 심양에 왔습니까…?"

"아님메. 우리들만 왔지라! 우리들은 북조선에서 의사임메다. 심양 제1 병원에서 실습 겸 이것저것 배우며 진료도 하고 있습메."

　남조선 사람에게 자존심 깎일까 본인들이 먼저 직업을 이야기한다

"아~, 그렇군요. 흐흐흐흐."

"그럼 구입한 물건은 북조선으로 보내는 것입니까? 2명 중 인상이 좋아 보이는 사람과 대화가 되고 나머지 한 명은 뭔가 불안한 모습으로 빨리 가자고 재촉한다."

"야. 모았다가 한꺼번에 같이 북한 집으로 보낸다요. 아무튼, 남조선 사장이래 고맙수다…."

그렇게 두 번째 만남이 이루어졌다

인연

그렇게 인연이 되어 이후 점심시간쯤 되면 인상이 좋아 보이는 북한 친구가 매장을 방문하여 가족에게 보낼 물건도 사고 어떨 때는 점심도 같이 먹고 커피도 마시며 이런저런 고향 이야기도 하였다. 북조선 친구의 점심 한 시간이 유일하게 제재받지 않는 자유시간이라 하였다.

이 친구들이 근무하는 병원인 심양 제1 병원은 심양에서 알아주는 제법 큰 종합병원이었다. 병원에서 백화점까지는 자전거로 10분 정도 거리로 가까웠다. 성형외과 의사이고, 집은 평양이고, 이름은

리 선생이라 했다

"리 선생, 언제 저녁에 시간 되면 나랑 술 한잔합시다."

"글시다요? 내래, 시간 봐서 한번 연락하리다…."

그렇게 중국 폰 전화번호를 주고받았다. 그리고 며칠 후….

"김 사장이우, 내래… 리씨 임메."

"오…, 리 선생 웬일입니까?"

"내래, 오늘 저녁 시간이 있어서리 말이외다."

"오, 그래요~. 나도 마침 오늘 저녁 스케줄도 없고…. 잘되었네요. 한잔합시다. 어디서 만나면 좋을까요?"

"음…, 서탑은 남조선 북조선 사람이 많이 다니니까니…. 김 사장 님이 한번 알아보시라요…."

서탑(西塔)

서탑은 청나라 왕조에서 세운 심양(선양) 4탑 중에 서쪽에 있는 탑을 말하고 있다. 1625년 완공된 오래된 탑인데 그곳 주변으로 해서 서탑 거리는 심양에서 한국 상품, 한국 식당, 한국 마트가 있어서 코리아 타운이라 불릴 만큼 한국 사람이 많다. 주변의 아파트에도 자연스럽게 한국인이 모여 살고 있는 곳이기도 하다. 또한, 북조선 식당도 몇 군데 있고, 북조선에서 파견 나온 무역업 하는 사람, 외교관들도 북조선 식당에서 자주 만날 수 있는 곳이기도 하다.

"아…, 그럼 타이위안제(太原街) 쪽은 괜찮은지요?"

"네…, 그쪽이면 내래 좋같습메."

"그럼 타이위안제에 있는 중흥백화점 입구에서 만나면 어때요…? 주변에 식당도 많이 있고 하니…."

"야…, 백화점 모르겠으나 타이위안제는 몇 번 가서리 알고 있습메." 찾아가면 되것지요, 뭐…."

"그럼 6시경 입구에서 만납시다…."

그렇게 저녁 6시경 만남이 이루어졌다.

외국에서 한국과 적대국에 있는 사람과 만남이 있을 시에는 그 지역 대사관이나 영사관에 가서 어떤 사람이고 무엇을 하는 사람인지 등을 상세히 적어 제출한 후 만날 수 있다고 어느 영사관에게 들은 말이 있었지만, 우리가 국정원이나 보위부도 아니고 해서 대수롭지 않게 여겼지만 그래도 서로 서로가 조심해야 좋을 것 같다는 생각이 들었다.

타이위안제(太原街)

선양(심양) 역에서 걸어서 10여 분이 걸리고 서탑과도 그리 멀지 않은 곳에 위치한 보행가로, 한국의 명동과 동대문을 반씩 섞어 놓은 듯한 분위기를 풍기는 지역이다. 각종 생활용품과 액세서리를 판매하는 노점이 늘어서 있고, 쇼핑몰인 만달 광장(万達广场, 완다 광창)이 압도적인 규모로 들어서 있다.

선양의 20~30대가 이 거리의 주요 고객으로, 지상보다는 지하상가인 신천지(新天地, 신톈디)가 인기다. 중국의 패션 경향을 알고 싶다면, 지하에 촘촘히 늘어선 의류 상가를 걸어 보면 될 것 같다.

만달 광장의 3, 4층에는 분위기 좋은 식당이 여럿 있다. 중심에 있는 중흥백화점 주변에는 저렴하고 맛있는 음식점들이 많이 있다.

"어이…, 리 선생 여기요!"

"야, 반갑슴메다. 하하하~. 내래 사장님, 가게에서만 보다가 밖에서 만나니 더 반갑슴메다. 허허허~."

"그러게 말입니다. 흐흐흐…"

중국 샤부샤부는 냄비 가운데를 경계하여 매운맛과 덜 매운 맛같이 맛볼 수 있도록 나온다. 그리고 한국 추어탕에 들어가는 산초 비슷한 맛이 강하게 나는 중국 특유의 향신료 맛은 처음 먹어보는 사람에게는 혓바닥이 아리고 얼얼하며 입안의 감각이 없을 정도로 강한 맛을 느끼게 한다. 하지만 몇 번 먹으면 향신료 특유의 맛을 느낄 수 있으며, 白酒(빠이주), 일명 고량주와 곁들이면 좋은 술안주 겸 식사를 할 수 있다.

"리 선생! 마이 잡수이소!"

빠이주 몇 잔 들어가니 서로서로 어색한 분위기 조금 없어졌다.

"리 선생은 고향이 어디요~?"

"내래, 평양임메~. 내래… 평양 김일성 의과대학 성형외과 전공하고, 평양에서 학생들에게 강의도 하며, 병원에서 진료도 함메다…"

"아, 네. 그럼 북조선에서도 엘리트급에 해당되겠네요. 허허허."

"뭐 딱히 그렇지도 않습메다…. 김 사장님도 아시다시피 식량 사정과 경제 사정에 북조선 주민들 많이 힘들어하고 있습메다. 우리 의사들도 별반 다를 게 없습메다. 그리고 열악한 의료장비와 부족한 약품에…. 치료 한번 제때 받아보지 못하고… 사망하는 환자들을 볼 때면…. 한 사람의 의료인으로서 책임을 통감하고 있습니다."

한국에서는 성형외과 의사라면 돈도 많이 벌고 인기가 있는 직업인데 이 친구를 보니 안타까운 마음이 들었다. 매장에서 몇 번 만나 차 한잔하면서 나눈 대화에 나에 대한 믿음을 가진 것 같았는지 본인이 하고 싶은 말을 감추지 않고 이야기한다. 그러나 정치적인 이야기는 서로 하지 않았다.

"그러하겠지요. 우리들이야 뉴스를 통해 북조선 사정을 조금 알 뿐인데…. 직접 이렇게 만나 현지 사정을 이야기해주니. 그 믿음에 고맙수다. 자자, 좋지 않은 이야기 그만하고, 리 선생! 오늘은 술이나 한잔합시다!"

빠이주가 몇 잔 들어가고 대화도 조금씩 편해질 무렵.

"김 사장님! 올해 나이가 몇 심메까?"

뜬금없이 내 나이를 물어보는 것이었다. 그래서 한국말로 민증을 까고 보니 내가 6살 많았다.

"와~, 놀랐수다! 나 하고 비슷하거나 어릴 줄 알았는데, 남조선사람 피부관리 잘하고 동안이라는 소리 많이 들었는데 정말로… 김 사장님을 보니 사실인 것 같습메다. 하하하~."

"우~ 하하하. 성형외과 의사가 맞긴 맞네요. 흐흐흐~."

"김 사장님! 내래 이 시간부터 형님이라 부르갔소! 그래도 되갔지요?"

잠깐 당황하였는데 내색을 하지 않고.

"그라모 허허⋯. 그라자! 하하하! 북조선 의사 동생 생기삐리가 영광이구먼. 흐흐흐. 동상, 한잔하게나! 오늘 술발 받겠는데? 하하하."

남조선 북조선

남과 북 인연 되어

머나먼 타국에서

가로막힌 벽 사라지고

형님과 동생 되니

남북이 어디 있고

북남은 어디메 있는가

이념과 체재는

정치꾼들 노름이고

우리들은 술 한 잔에

외로움 달래면서

타국의 밤은 깊어간다

그렇게 술자리가 무르익을 때쯤 리 선생이 휴대폰을 보며 안절부절못하는 것 같았다.

"와~? 동상! 무슨 일 있나?"

"형님메, 빨리 들어가야 될 것 같습메…. 사실 우리는 외출할 때 항상 2인 1조로 다녀야 됨메. 전번에 백화점 같이 갔던 동무래. 방사선과 의사인데 그 동무래 내래 파트너임메. 그래서 점심시간 빼고는 항상 같이 다녀야 함메다. 그런데 마침 그 동무래…. 저녁 6시경부터 밤 10시까지 병원에서 세미나가 있어 참석한다고 하여 몰래 숙소에서 빠져나와서 지금 이 자리에 있는 것임메. 우리래 서로서로 감시하고 일과 끝난 후 숙소에 들어가면 우리들 외에도 다른 업무로 심양에 나온 동무들과 같이 모여서리 서로서로 돌아가며 그날 일들을 비판하고, 또한 반성한 내용들을 적어서리 수시로 북조선 담당 영사인지, 보위부 사람인지에게 보고하도록 되어 있습메. 내 감시조가 전화도 오고 문자도 오는 것이 세미나가 예정보다 일찍 끝나고 숙소에 와서 내래 없어서리 찾는 것 같습메…. 형님메! 죄송함메다."

시간을 보니 9시가 조금 넘어가고 있었다. 아쉽지만 어쩔 수 없이 술자리를 끝내고 또 만나자고 약속하고 각자의 자리, 남과 북으로 돌아갔다.

그 이후로 리 선생은 며칠 건너서 점심때 자전거를 타고 매장으로 놀러 오곤 하였다. 사회주의 사회에서 태어나 자란 사람이지만 많이 깨우쳐져 있었다. 아마도 많은 지식과 다른 나라 생활이 많은 영향을 준 것 같았다.

포크 사건

하루는 같이 점심을 먹고 있었다.

"형님메, 한 가지 부탁할 것 있는데?"

"그래! 뭐꼬?"

"다름이 아니고, 혹시 양식 먹을 때 사용하는 포크인데, 좀 큰 것을 구할 수가 없슴메까? 내래 구하려니 시간도 없고 마음대로 다닐 수가 없으니까 말임메다. 포크값은 드릴 것이니 한번 알아봐 주겠슴메?"

"포크를~? 그러세. 한번 알아볼게. 몇 개나 필요하노?"

"야, 많으면 많을수록 좋슴메."

다음날 백화점 창고 담당하는 조선족 직원에게 부탁해서 찾아보라고 했다. 백화점 인수하기 전에 중국 백화점으로 운영되었기에 중국 제품들을 창고에 많이 보관하고 있었다. 현재 매장엔 대부분 한국 제품으로 진열되어 있고 심양의 북 시장에서 한국 백화점으로 조금씩 소문이 나기 시작하고 있었다.

며칠 지난 후, 창고 담당 조선족 직원이 포크를 찾았다며 몇 개를 샘플로 가지고 왔다. 일반포크보다 보기에도 많이 큰 것 같았다.

"야, 이거 몇 개정도 있더노?"

"예, 사장님! 대략 500개는 넘을 것 같습니다…."

바로 전화를 했다.

"리 선생! 아니, 동생~, 시간 되면 매장으로 와 봐라. 포크를 구했으니."

다음날 점심시간, 보여준 포크가 본인 원하는 제품인 것 같아 흡족한 미소를 지었다.

"형님…, 이거면 되갔시오. 흐흐흐. 그리고 크기도 딱이고…. 몇 개가 있습메까?"

"대략 500개 정도 있다는데. 도대체 어디 사용하려고 하는 것이고?"

궁금하지 않을 수가 없었다.

"형님메! 참 부끄러운 이야기지만…."

북한에서도 쌍꺼풀은 기본으로 많이들 수술하고 고위층 부인네들과 자식들이 얼굴 성형 등 수술을 하는 데 포크가 필요하다고 했다.

정상적인 의료장비가 턱없이 부족하기 때문에 수술 시 턱 주변을 복개하여 복개된 부위를 90도 꺾인 소독된 포크를 각각 한 개씩 간호사들이 양손에 쥐고 턱 주변 복개된 부위를 벌리면 그 공간 사이로 의사가 수술한다고 했다. 말문이 막힌다.

"끝내준다…. 우째 이러노!"

"야…, 형님메, 이번 중국 병원에 파견 나온 것도 우리들이 사용하는 의료장비는 우리들이 북조선 들어갈 때 무상으로 지원해준다고 함메다. 그래서 몇 년에 한 번씩 중국 큰 도시 병원으로 파견 오고 한담메다…. 선발되면 6개월에서 1년 정도 베이징에서 어학 연수를 하고, 지정해준 중국 각 지역의 병원에서 맡은 일 한담메다. 병원에서 숙소를 지원하고, 병원 식당에서 무상으로 식사를 해결하고, 기냥 수고비로 한 달에 1,500위안 정도 준다우. 아마도…? 말은 하지 않지만, 우리 북조선 정부와 합의가 되어 원래 우리들에게 지급되어야 될 중국 의사들의 월급을 지원할 의료장비 대금으로 일부 공제하는 것 같슴메다…."

인민폐 1,500원이면 한국 돈으로 2십만 원 조금 넘는다. 참조로 당시 백화점 매장 조선족 직원 월급이 2,000원에서 2,500원이었고, 중국 한족들은 1,500원에서 1,800원 정도 지급할 때였다. 그러니 중국 20대들보다 적게 받는 것이었다.

"야, 그래도~ 이게 뭐고…. 그러면 술도 마음 편히 못 마시겠구나."

"아이고, 형님메! 외식에 술 한 잔 못하는 것은 아무것도 아님메다. 아끼고 아껴서 집으로 보낼 가족들 선물을 사야함메다."

남조선 제품이 좋다고 알고 있고 제품을 구입하면 숙소에서 한국

라벨을 잘라내고 그렇게 몇 번 모아서 단동에 있는 북한 무역상에게 보내면 평양에 있는 집까지 배달해준다고 했다.

"형님메! 포크 가격이 얼마임메까…?"

이런 사정을 알고 어떻게 돈을 받을 수가 있나?

"아~야~야~! 돈은 필요 없고 포크 죄다 모아서 박스에 담아놓고 전화할 거니 와서 가지고 가라…."

사실 백화점 창고에 있는 중국 제품들은 백화점 회장님께서 내가 알아서 처분하고 처분한 금액은 심양의 조선족 노인협회에 기증하기로 한 것이었다. 그래서 재고 장부에서 삭제하면 되는 것이었다. 담당 조선족에게 인민폐 100원 주고 처리하라고 하고, 그렇게 600여 개가 되는 포크 사건은 마무리되었다.

　한동안 연락이 뜸했다…. 나도 한 3개월 만에 한국 갔다 오고, 그리고 백화점 1층 코너에 있던 내 매장은 백화점 사정상 다른 상인에게 임대를 주고 우리 매장은 2층으로 올라갔다

　심양의 겨울 날씨는 보통 영하 10~15도 정도이고, 아침저녁 출퇴근 때는 영하20도, 그리고 바람이 부는 날이면 체감온도는 30도 이상 떨어진다. 출근할 때 털모자 쓰고 방한 마스크하고 집에서 사무실까지 15분 정도 걸어오는데 눈썹에 얼음이 얼어 대롱대롱 반짝반짝 눈앞을 아른거리곤 했다.

　2층으로 옮긴 매장에 정리하고 부족한 진열장 새로 맞추고 몇 날 며칠을 정신없이 바쁘게 보냈다. 다음 달 초 춘절(설날)이 오기 전에 보기 좋게 진열하고 물건도 보충하고 등…. 그 와중에 감기란 불청객이 찾아왔다. 중국 감기가 얼마나 독한지 주사를 맞고 약을 먹고 해도 컨디션이 돌아오질 않았다. 타국에서 아프니 더더욱 외롭고 서글프고 이렇게 살아야 하는지 기가 막힐 노릇이었다.

　"형님메, 무얼 하는데 이렇게 연락 한번 안 주요."

　간만에 리 선생에게서 전화가 왔다. 본인도 바쁘게 생활했다며 이런저런 대화를 한다.

　"아니…, 형님 목소리가 왜 이렇습메? 독감 걸린 것임메?"

"야. 동상, 이거 미치겠다. 중국 감기 바이러스가 이렇게 독할 줄은 몰랐네…. 주사 맞고 약을 먹어도 도대체가 나아질 기미가 보이질 않으니… 환장하겠다…."

"참, 형님도, 그럼 진작 내래 연락을 했어야죠. 쯧쯧…."

"와, 니한테 연락하면 뾰족한 수가 있나?"

"형님, 그러지 말고 지금 당장 내래 있는 병원으로 오시라요. 중국 겨울 감기 약 먹는다고 잘 낫질 않는다우. 병원에 와서 2층 219호 찾아오시라우. 그기가 내래 사무실 겸 진료 보는 곳이라요."

성형외과 의사인데? 그래도 혹시나 하는 마음에 병원을 찾아갔다. 흰 가운 주머니에 볼펜이랑 연필 등이 있고 청진기가 목에 걸려 있는 것이 의사 포스가 풍겼다.

"야. 그런대로 자네 진료실 괜찮은데? 후후후."

"기냥 그렇습메다. 형님, 저기 침대에 누워 보시라요."

감기에 엉망이 된 몸을 침대에 누우니 병원이라서 그런지 안정이 되는 것 같았다.

"형님메, 윗옷 벗고 팔을 걷어내시라요. 내래, 내과 의사에게 미리 이야기해서 닝겔을 가져왔으니까. 중국 감기에는 직접 약물을 투입하는 것이 직효랍니다. 다 맞고 나면 기력 돌아오게 영양제와 포도당 한 병씩 맞고 가시라요. 흐흐흐."

'믿어도 될까? 믿어도 되겠지….'

감기에 지친 몸 따스하게 이불 덮고 링거를 맞으니 잠이 오는 것을 참을 수가 없었다.

"형님메, 내 사무실 이 시간 아무도 들어올 사람 없으니 편히 쉬시라요. 난 병실로 회진가야 해서리. 내래, 잠깐씩 들어와서 확인하고 가겠으니 걱정 마시고 주무시라요…."

난 링거를 다 맞고 영양제와 포도당 한 병씩 더 맞을 동안 모처럼 편하게 3시간여 잠을 잤다. 링거를 3병이나 맞아서 그런지 컨디션이 좀 돌아온 것을 느낄 수 있었다. '그래도 의사가 맞기는 맞구나.' 하는 생각에 미소를 지으며 외투를 걸치고 차 한잔 마시며 한국 갔다 온 이야기 등 제법 많은 시간 대화를 하였다.

"형님은 좋겠슴메, 가고 싶으면 언제라도 가족들에게 갈 수 있으니 말임메. 내래, 북조선에서 중국 올 때 정확한 귀국 날짜는 없고, 대략 2년 정도 예상하고 중국에 온 것 임메. 그럭저럭, 중국 들어온 지 1년 8개월이 넘어가니 가족들 보고 싶은 생각이 더 간절하다우. 이렇게 인연이 되어 형님과 만난 시간이 내래 제일 행복한 날들 이었다우…."

그러면서 나에게 편지를 한 통 보여주는 것이었다. 북한에서 와이프가 보낸 편지였다. 3달 전에 보낸 편지를 며칠 전에 받았다고 했다.

"형님메, 한번 읽어보시라요."

"야…, 니 와이프가 보낸 편지인데 내가 읽어봐도 되겠나?"

"괜찮습메. 읽어보시라요. 하하하."

봉투에 적힌 주소는 '조선 민주주의 인민공화국 평양시 대동강로 … 몇 번지'로 적혀있었다. 묘한 기분이 들었다. 편지 내용은 가족들 모두 잘 있고, 아이들이 보고 싶어 하고, 어머님 아버지도 건강하게 잘 계시니 걱정 마시라 하고, 마지막으로 몸 건강히 무사히 돌아오라는 전형적인 조선 아낙네들 그리움이 가득 담긴 내용들이었다.

"동생…, 마이 보고 싶겠구나…."

그 이상 해줄 말이 없었다.

"형님메…, 보고 싶지 않다면 거짓말이겠지요. 2년이 되어가는 세월에 전화통화 한번 못 했으니까요. 편지만 4통 정도가 전부인 것 같습메…. 이제 귀국할 날도 얼마 남지 않았고, 어느 날 호출되어 돌아갈지 예상할 수 없수다. 형님이나 빨리 컨디션 회복하라요…."

"신경 써줘서 고맙네, 그려. 빨리 컨디션 회복해서 술이나 한잔하세나."

"야! 형님. 아 참, 그리고 형님! 이것 좀 봐주시라요. 보고서를 써야 하는데 중국에도 의학 용어가 영어로 표기된 것이 많아서…. 우리 북조선에서는 영어를 쓰면 비판받을 소지가 많아서리 될 수 있으면 조선글로 바꿔서 보고서를 쓴다요. 내래 회진 돌 시간이 되어서리…. 형님이 한번 읽어보고 부족한 부분 채워 주시라요…."

난 노트에 적힌 보고서를 읽어나가며 영어를 한국어로 한국어를 북한말로 바꾸려니 어려움이 많았다. 대략 하는 데까지 번역 아닌 변역을 하여 노트에 적고, 무심코 노트 몇장을 넘기다가 북조선 친구들 저녁에 모여서 그날 있었던 일들 서로서로 이야기하고, 비판하고, 반성하는 글들이 적힌 것을 보았다.

읽어보니 별다른 것은 없는 것 같았다. 병원에서 누굴 만났는지, 무슨 말을 하였는지, 북조선 체재에 벗어나는 행동을 하지 않았는지 등 잡다한 것이 빼곡히 적혀있었다. 아마도 숙소에서 보고할 내용 같았다.

"허허허, 형님메! … 그것까지 보면 안 되는데…. 재미있수?"

"아니, 내가 보려고 한 것이 아니고 넘기다가…. 흐흐흐."

"아임메! 형님은 봐도 괜찮슴메. 하하하."

"그런데 내 만난 것은 없노? 크크크. 그리고 같이 술 마시고 밥 묵고 이야기한 것은 어디메 있노? 우하하~."

"아이고! 형님메, 그리했다가는 바로 본국 송환이고, 북조선 가서도 비판받고 해이하게 된 사상교육 열라게 받고 감옥 안 가면 다행이라우…. 하하하."

이렇게 한바탕 웃으며 농담도 하며, 컨디션 회복되면 만나 재미난 이야기 하면서 맛있는 거 묵고 술 한잔 마시자며 병원에서 나왔다. 그리고 며칠 후 링거의 효과인지 아니면 나을 때가 되어선지 아무튼 예전 컨디션으로 돌아왔다.

춘절(설날)

중국에서는 음력 설을 춘절이라고 한다. 중국도 공식 달력은 양력을 쓰고 있기 때문에 새해는 양력 1월 1일인 새해 첫날에 기념하고, 춘절은 대규모 귀성객이 고향으로 돌아가 가족과 함께 명절을 보내는 등 한국과 비슷한 모습으로 보낸다.

중국은 국토면적이 크기 때문에 고향까지의 이동시간이 많이 걸리므로 보통 1주일에서 2주 정도를 휴일로 정한다. 중국에서는 중화인민공화국 국경절과 함께 양대 최대의 명절로 기념하고 있다.

춘절의 전설

춘절은 다른 이름으로 과년(過年)이라 하는데 다음과 같은 전설이 있다.

옛날 중국에 년(年)이라는 이름을 가진 길쭉한 머리에 긴 뿔이 있는 흉악한 괴물이 바닷속에 살고 있었다. 이 짐승은 섣달그믐날만 되면 마을로 와서 가축을 잡아먹고 사람들을 해쳤다. 그래서 섣달그믐날이 다가오면 마을 사람들은 산속으로 피신했다가 돌아오곤 하였다.

어느 해 섣달그믐날 동쪽에서 한 백발노인이 찾아와서 그 괴물을 쫓아주겠다고 했다. 마을 사람들은 그 노인의 말을 믿지 않고 노인에게 빨리 산으로 숨기를 권하였다. 하지만 노인은 말을 듣지 않고 마을에 남아 있겠다고 했다.

다음날 괴물이 나타나 가축과 집을 부수고 노인을 해치려고 하니 노인은 괴물을 향해 폭죽을 터뜨렸다. 폭죽 소리에 놀란 괴물은 혼비백산 도망을 갔다. 며칠 후 마을로 돌아온 사람들은 노인과 괴물이 보이지 않고 피해를 입은 가축들도 없고 하여 그 노인이 자신들을 위해 괴물을 쫓으러 온 신선이라는 사실을 알게 되었다.

그리고 그 노인이 괴물을 쫓을 때 사용했던 세 가지 보물을 발견하였다. 바로 괴물이 두려워했던 것이 '붉은색'과 '불빛' 그리고 '폭죽'이었다

이로부터 매년 섣달그믐 날이면 집집이 붉은색 '대련(對聯: 문이나 기둥 따위에 써 붙이는 글)'을 붙이고 폭죽을 터트리며 밤이 새도록 등불을 훤히 밝혔다. 지금도 매년 연초에 이같이 전통적인 춘절 세 가지 풍속이 전국 각지에서 행해지고 있다.

오랜만에 한국에서 가족들과 설 연휴를 즐기고 타국생활 1년만 더 버티며 최선을 다해보고 그래도 큰 비전이 보이지 않으면 과감히 철수할 것을 가족들과 약속하고 심양으로 돌아왔다.

노래방

"어히…, 동상, 잘 살고 있었능가? 하하하~."

"형님메, 오랜만임메. 흐흐흐. 남조선은 잘 다녀왔슴메?"

"응…. 어제 심양에 왔다네. 그래, 춘절에는 심양에 있었겠구먼."

"와 아니라요. 고향 생각에 잠 못 이루는데 이놈의 폭죽 터지는 소리에 무시기 전쟁 나는 줄 알았시오. 크크크크. 그기에 화약 냄새와 연기가 도시를 덮으니 나가기도 망설여져서. 숙소에서 값싼 중국 술만 마셨지 뭡니까…?"

"고생했구먼. 허허허~." "시간 될 때 연락해라. 맛난 음식에 술 한잔 살 테니…. 인자 동생도 평양 들어갈 날도 얼마 안 남은 것 같으니."

"야…, 알았슴메."

한국에서 보름 가까이 쉬고 들어오면서 매장의 빠진 물건과 봄 제품 일부 몇 가지 가지고 들어왔다. 새로 진열하고 매장을 정리하느라 바쁜 나날을 보냈다.

"형님메!"

"어…, 잘 지내고 있었능가…?"

평양으로 돌아갈 준비 한다고 여러 가지 바쁘다며 간간이 통화는 하였다.

"고져 내래. 낼쯤 시간이 될 것 같아서 형님에게 미리 전화를 드리는 것이유."

"아~, 그러나. 흐흐흐. 그라면, 나도 낼 시간 비워놓을 테니…"

"야. 내일 병원일 마무리하고 전화드리갓소."

오랜만에 만나고 한국도 다녀오고 해서 이번에는 서탑에서 좀 떨어진 뒷골목으로 가면 중국 소고기 안심 등심 갈빗살 등 비싸지도 않으며, 그런대로 먹을만한 조선족이 운영하는 식당이 있었다.

"동상, 여기 괜찮겠나?"

서탑에서 조금 떨어진 곳인데 괜히 곤란할까 싶어 미리 물어보았다.

"형님…, 괜찮수다. 어제저녁 열차로 내 감시조 방사선과 의사 베이징 출장 갔슈. 이틀 뒤 돌아온다우."

모처럼 편안히 술 한잔할 수 있을 것 같았다. 소고기 안주에 52도 빠이주 술맛이 괜찮았다.

"동생…, 이거 비싼 거는 아닌데 제수씨에게 전해주라…"

"아니, 형님, 이게 뭡메까?"

"내가 이번 한국서 들어올 때 비행기에서 여자들 입술에 바르는 립스틱 사 가지고 왔다 아이가. 마음에 들어 할지 모르겠다. 하하하."

세트로 되어있고 케이스도 고급인 크리스찬 디올(christian dior) 제품이었다.

"아이고마, 형님, 아니, 이거…, 남조선 제품이 아니고 미제 같네요?"

"크크크. 아이다. 프랑스 제품인데 인기 있는 제품이라는데, 낸들

여자 화장품 우찌 알겠노. 단동 북조선 세관 통과 시 빼앗기지 않도록 단디 챙기가 갖고 가라. 하하하~."

"와~, 내래 우리 여편네 엄청 좋아할 것 같슴메. 정말 감사함메다. 형님!"

"자자, 오늘은 시간도 넉넉하고 하니 거하게 한잔하고 우리 노래방 한 번 가자. 니, 노래방 가봤나?"

"아님메. 들어서 알고는 있지만 가보지는 못했슴메."

새로운 추억이 될 것 같아 취기가 오른 남과 북 두 남자는 어깨동무를 하고 서탑의 한국사람이 운영하는 노래방으로 갔다.

한국노래. 중국노래. 다행인 것이 북한노래도 있었다. 북한노래 대부분 김일성 부자 찬양 노래들이고 한국의 새마을운동시절 많이 울려 퍼지던 리듬이 비슷한 노래들이 대부분이었다. 아마도 김일성, 김정일 고난의 행군 때 힘을 북돋워 주는 노래 같았다.

아리랑 쓰리랑

형님은 남쪽 노래
아우는 북쪽 노래
함께 함께 어우러지니
남쪽 노래 북쪽 노래
어찌 구분되겠는가

어깨동무 덩실덩실
흥을 돋우고
앵콜소리 박수소리
목청을 가다듬는다

우리는 형님 동생
우리는 친구

아리랑 아리랑
쓰리랑 쓰리랑
우리들의 아픈 고개
형님 아우 두 손 잡고
잘도 잘도 넘어간다

소원

밤 깊은 서탑 거리
누가 본들 어떠하고
누가 안들 어떠하리

술 한잔에 마음 풀고
이 시간 우리들은
둘이 아닌 하나 되어

우리의 소원은 통일
통일을 부른다

　　　　　노래방 갔다 온 후 보름쯤 지났을 무렵, 2011년 3월 말이나 4월 초 정도가 된 것 같다. 늦은 밤 단동이라고 전화가 왔다. 이틀 전 북조선 담당 영사가 연락이 와서 빨리 정리하고 귀국 준비 하라고 해서 부랴부랴 일행들과 함께 짐 정리 등 마무리하고 평양으로 돌아간다고 했다.

　심양에서 추억은 잊지 못하고 꼭 마누라에게 내가 싸준 립스틱 전해주고 부모님과 마누라에게 형님과 만나 재미나고 보람 있었던 이야기 두고두고 회자하며 형님을 무척 그리워할 것 같다고 하였다.

　그리고 평양 가서 강의 시 학생들에게 포크를 보여주며 수술할 때 절대로 사용해서는 안 되지만 우리들이 처한 현실이라 설명하고 진실된 강의를 할 것이라고 다짐을 했다. 그렇게 단동 북조선 쪽 세관 초소 뒤편에서 마지막 통화를 하였다.

　나 역시 5개월여 만남에 잊지 못할 또 하나의 추억을 간직하며 언제가 될지 기약 없는 만남은 가슴에 묻어두고 리 선생이 평양으로 돌아가고 난 후 6개월 정도 더 심양에서 생활하다가 그해 2011년

10월에 한국으로 완전히 철수하였다.

매장은 직원들에게 모두 넘겨주고, 미련과 아쉬움은 중국에 내려 놓고, 나는 심양 올 때 가지고 온 캐리어 하나에 소지품만 챙겨 한국의 가족 곁으로 돌아왔다.

늦은 인연

무너질 것 같지 않았던
무너진 콘크리트 내면에
순수하고 아름답고 부드러운 미소가
봄바람 타고 캠퍼스
구석구석 생기를 불어줍니다

무너질 것 같았지만
무너지지 않은 가냘픈
한 여인의 가슴속에
때 묻지 않은 아름답고 행복했던 시간은
추억으로 간직될 것입니다

벚꽃이 꽃망울 터뜨리고
온갖 만물들이 생동하는 아름다운 계절
지나온 세월 가슴속 한편에 묻어두고
아름답고 행복한 시간으로
다시 피어나시길 바랍니다

우연이 필연인지

필연이 우연인지

그다지 중요하지 않습니다

늦은 인연

고맙고 감사할 뿐입니다

순이

귀한 순이가 아닌
흔한 순이였으면 좋겠습니다

생명력 강한 들꽃 같은
그런 흔한 순이였으면 좋겠습니다
꺾일 듯 꺾이지 않은
그런 여인이 되었으면 좋겠습니다

아직 하고픈 일 많은데
아직 만나고픈 이 많은데
술 한잔에 넋두리하며 세상사
얘기에 밤 지새우는 일 많을 텐데

푸르고 푸른 하늘과
물결치는 짙은 녹음들
새로운 생명 들이 잉태되는
이 아름다운 계절에

향기 나는 숲길 거닐며

스쳐 지나갔을 수도 있는 삶의 기운을

다시 한번 느껴봄이 어떨는지요

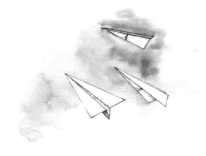

새로운 인연

까마귀 울더니
바뀐 님 동행하고
또 다른 한 장에
새로운 인연으로 채워진다

산이 좋아 산을 가고
물이 좋아 물을 가니
답답하고 지친 마음
이산 저산 기대어보고

미련의 흔적 지우려고
이 강 저 강 흘러가니
어느새 산수는 하나 되어

베푸는 마음
사랑하는 마음
온화한 미소에

우리들은
부처가 된다

까마귀 울더니
찾아온 우리들 인연
지금의 이 시간
감사하고 고맙습니다

산이 좋아 산을 가고
물이 좋아 물에 가니
산수가 합쳐지고
부처님 미소에
두 손 모아 합장한다

만남

가을비는

하늘을 울게 하고

빗소리는

설렘을 노래합니다

멈춰진 시간

잃어버린 시간 속에

우연한 만남과 작은 여유는

삶의 또 다른 활력을

불어 넣어줍니다

찬 바람 불고

하얀 눈 내리면

작은 여유 속

소소한 만남의 행복에

감사하며 살아갈 것입니다

지나간 자리

술 한 잔에
인생사 여유를 가지며
술 한 잔에
인생사 찌든 피로를 풀고
술 한 잔에
그대의 빈자리를 채운다

가을은 국화 향기에 묻혀버리고
들꽃은 전령사 되어
또 다른 봄을 맞이한다

끝날 듯 끝나지 않은
뒤죽박죽되어 버린
우리들의 시간들 속에
가을이 지나간 자리는
삶의 익숙한 일상이 되어
나만의 겨울을 맞이한다

다람

가을과 함께
살포시 다가온
큰 키에 작은 얼굴
미소가 아름다운 그대

초겨울 모락모락
울 엄마표 두부와
막걸리 한잔하고픈
긴 목 예쁜 그대
이 가을 끝자락
사랑의 끈 잡고
서로서로 의지하며
새로운 인연에
감사하며 살 것입니다

작은 얼굴 부드러운
미소가 아름다운 그대

코스모스 꽃잎마다

사랑 가득 주워 담고

국화꽃 화폭 담아 전령사 띄우니

샛노란 은행잎 시샘하듯

하늘 높이 흩날리는

가을은 또 다른

하나의 봄인가 봅니다

떠나는 이 시간 미련 갖지 말고

우린 또 새로운 시간을 맞이합니다

너와 나 우리들은

또 다른 시간 속에 살아갑니다

인연(그 아이)

가을이 짙어가는

드높은 하늘과 햇살 속에

그 아이의 향기가 흩날린다

눈망울 초롱초롱

참 예쁘고 귀여운

그 아이는 어느새 숙녀가 되어 간다

잡힐 듯 맴도는 시간은

많은 변화를 선물하고

변화 속 그 아이는

새로운 아이를 만난다

하늘에 구름 가듯

아이의 걸음걸음이

시간이 주는 변화의 선물 받아

새로운 시간 새로운 환경들은

그 아이 것 되었으면 한다

가을이 짙어가는

드높은 하늘과 햇살 속에

그 아이의 향기는

어느새 숙녀의 미소 되어

마음 한편에 슬그머니 자리를 잡는다

솔향

넘실넘실 동해 바다

경포의 낭만 품고

첫사랑 오죽헌

두근대는 가슴 안고

아련한 사랑 노래

띄워 보낸다

솔향의 짙은 향기

유혹에 취기 오르고

쌓여 가는 술병은

이리저리 춤을 춘다

막걸리 한 잔에

고독을 달래며

소주 한 잔에

인생을 논하니

맥주 한 잔에

사랑이 오는구나

아름다운 동해 바다

경포의 낭만과

오죽헌 사랑이

살아 숨 쉬는 이곳

여기는

강원도래요

여름의 소리

허전한 이내 마음
어찌 그리 아는지
아침부터 그렇게
목 놓아 우는구나

물 한 모금 허기 채우고
어제도 오늘도
기약 없는 시간 속에
그리운 님 그리워
애달프게 우는구나

솔솔 부는 바람
느티나무 그늘 아래
돌아오는 님
지친 몸 달래주는
자장가 불러주고
비바람 몰아치는 폭풍우에

사이렌 울리며

님의 걸음걸음 재촉을 하는구나

소슬바람 불고

떠난 님 돌아올 때면

님 그리워 울던 모습

지쳐버린 그 모습

실망할까 감추고 떠나는

여름의 소리

우리들의 소리입니다

겨울꽃

짧은 만남의 시간이었지만

제법 세월이 흘렀습니다

잊고 지나온 시간

우리들은 항상 그 자리 그곳에서

살아가고 있습니다

마지막 잎새가 흩날리는

외롭고 쓸쓸한 계절

짧은 만남의 빈자리엔

우연이라 하기엔

아쉬움이 남습니다

삶의 외로움과

인생의 고독 속에

조금씩 변해가고 있는

우리들 모습 보며

막걸리 한잔에 낄낄대며

삶의 여유를 가져봄이

좋은 계절인 것 같습니다

오늘 밤은 왠지

설레는 밤이 될 것 같습니다

꿈속에서 어쩌면 그대의

미소를 볼 것 같습니다

아리랑 쓰리랑

형님은 남쪽 노래
아우는 북쪽 노래
함께 어우러지니
남쪽 노래 북쪽 노래
어찌 구분되겠는가

어깨동무 덩실덩실
흥을 돋우고
앵콜 소리 박수 소리
목청을 가다듬는다

우리는 형님 동생
우리는 친구

아리랑 아리랑
쓰리랑 쓰리랑
우리들의 아픈 고개

형님 아우 두 손 잡고

잘도 잘도 넘어간다

소원

밤 깊은 서탑 거리

누가 안들 어떠하고

누가 본들 어떠하리

술 한잔에 마음 풀고

이 시간 우리는

둘이 아닌 하나 되어

우리의 소원은 통일

통일을 부른다

님 그리워

달 뜨고

별이 지면

님 그리워 잠 못 이루고

휘영청 밝은 달

이내 마음 가득 담아

그리운 님에게

보고 싶다 전해주오

사랑한다 말해주오

휘영청 밝은 달

달빛 여운 꼬리 물고

새벽 별 반짝일 때

사랑스런

내 님 미소

별빛에 가득 담겨

님에게로 오는구나

만주봉천

눈이 내리기 시작한다.

바쁘게 달려온 한해가

서서히 저물어 간다

노력에 대한 기대는 없다

타국에서 하루는

그냥 그렇게 살아가는 것이다

함박눈이 내린다

하얗게 내린 눈은 금방 얼면서

검은색으로 변하는 이곳

중국 심양

만주봉천이다

거무튀튀하게 얼어붙어 눈은

내년 5월에나 녹을 것이다

긴긴 심양의 겨울이 시작된다

황혼

노부부 플랫폼에서

열차를 기다린다

꼭 잡은 두 손엔

삶의 연륜이 묻어나고

마주 보는 얼굴엔

황혼의 아름다운 노을이 보인다

"영감! 이번 열차가 틀림없지라."

서탑(西塔)

빛바랜 불빛

담배 연기 자욱한

이름 없는 호프집

500cc 한잔에 울고

500cc 한잔에 웃는다

다국적 손님들이

언어의 향연이 펼쳐지는

심양 서탑 뒷골목

이름 없는 호프집

희뿌연 담배 연기

빛바랜 불빛

500cc 한잔에

외로움 과 쓸쓸함을 마신다

빛바랜 네온이 깜박이는

타국의 깊어가는 밤

이름 없는 서탑의 호프집

남조선 북조선

남과 북 인연 되어
머나먼 타국에서
가로막힌 벽 사라지고
형님과 동생 되니

남북이 어디 있고
북남은 어디메 있는가

이념과 체재는
정치꾼들 노름이고
우리들은 술 한 잔에
외로움 달래면서
타국의 밤은 깊어만 간다

동행

그대 두 눈 맺힌 눈물

아린 가슴 삼키며

돌아서는 발걸음

무겁기만 합니다

너와 내 모습에

원망도 하겠지만

부정할 수 없는 현실에

그렇게 살아야 되겠지요

먼 길 가깝게

가깝고도 먼 길을

편한 걸음 걸으며

오래오래 동행할까 합니다

한여름 밤의 꿈

마른 쑥 주워 모아

모깃불 피우고

불어오는 솔솔바람

불청객 도망간다

이 세상 어딘가에

당신이 있기에

한여름 밤 그대 생각

외롭지 아니하네

멀지 않은 논에는

개구리들 목청 자랑하고

불어오는 솔솔바람

그대 생각에

이 밤 지새우면

달빛은 사라지고

아련한 별빛에
외로움만 남는구나

꿈이라도 꾸어질까
꿈속에서 만나질까
그리운 그대 모습
잡힐 듯 잡힐 듯
한여름 밤의 꿈

우리들의 계절

커피 향 그윽한

카페 창가에서

사랑하는 이 기다리는

그대가 가을입니다

국화꽃 한 송이

입에 물고

사랑을 고백하는

당신이 가을입니다

노란색 물든

은행나무 가로수길

쓸쓸히 나 홀로 거닐며

시 한 구절 흥얼거리는

나는 가을입니다

전어구이 안주 삼아

술잔 주고받는

우리들이 가을입니다

閑山寺(한산사)

五觀齋(오관재) 공양 한끼

朔風(삭풍)을 잠재우고

山寺의 눈꽃 饗宴(향연)

목탁 소리 어우러져

森羅萬象(삼라만상) 춤을 춘다

禪房(선방)의 佛經(불경) 소리

風磬(풍경) 소리 장단 맞춰

투명하고 맑은소리

山寺(산사)를 덮는구나

Part 2

만남

중국 상해(칠성파와 동행)

　　사업을 시작한 지 2년 정도 되었을 무렵이다. 부
산에서 사업을 하는 선배가 중국 상해를 가야 하는데 동행해 줄 수
없냐는 부탁을 받았다. 중국 상해 남통시에 있는 면 제조 업체를 방
문하여 면 수입을 한다는 것이었다.

　난 전공이 무역은 아니지만, 직장 다니면서 수출입에 관계되는 부
서에서 무역 실무를 현장에서 배웠고, 원단에 대해서도 어느 정도
지식이 있었다. 그리고 상해는 서너 번 정도 다녀온 지역이라 바쁜
와중에도 동행을 약속했다.

　물론 비행기, 체재비, 기타 경비는 선배가 부담하기로 했다. 스케
줄이 잡히고 출장 날짜 2일 정도 남겨두고 선배에게서 전화가 왔다.

　"김 사장~! 내가 집구석에 안 좋은 일이 생기 삐리가…, 이번 출
장을 취소해야겠다."

　잘되었다. 나도 바쁜 공장 일에 썩 내키지 않은 출장이었기에….

"아이고 마~! 잘 되었심다. 흐흐. 나도 바쁜데 말입니다…."

"야! 그게 아이고 내만 못 가고 다른 분들은 차질없이 가기로 했다 아이가~."

"아니? 뭔 소리 하는 기고, 선배하고 나랑 가는 거 아이가? 다른 분이라니?"

"너한텐 공항에서 만나서 얘기하려고 했는데 일행이 2명 더 있다 아이가~."

"그분들이 면(cotton)을 수입하려는 사람이고 무역 쪽 실무와 면 원단에 대해 해박한 지식 있는 사람 소개해달라 해서 니를 소개하게 된 것 아이가."

"환장하겠네~. 아니~, 그럼 처음부터 얘길 하면 되지, 무얼 하는 사람들인데?"

"실은 부산에서 자리 잡아 전국으로 퍼진 조직폭력배 칠성파 부두목이 부탁한 거 아이가. 미리 얘길 하면 니가 허락하지 않을 것 같아서. 공항에서 만나서 얘길 하려고 했다 아이가."

"선배! 말도 아이다. 이게 뭔 소리고…. 내도 안 갈 끼다. 알지도 못하고…. 조직폭력배 부두목이라니 환장하겠네!"

"김 사장! 벌써 비행기 및 상해 쪽 스케줄도 마친 상태고 약속한 날짜에 수입되어 공장에 납품해야 하기에 시간이 촉박해서 그런 것 아이가…. 난 가봐야 별 도움도 되질 않고 경비만 쓰고 해서 빠지기로 한 것이다. 날 봐서라도 좀 도와주라…"

"와! 진짜 돌아 삐리겠네. 칠성파 부두목이라니!"

엎질러진 물이었다. 일면식도 없는 사람, 그것도 칠성파 부두목과 2박 3일 중국 상해 출장을 그렇게 출발하게 된 것이었다. 물론 약간의 호기심 발동도 부인할 수 없는 사실이다.

이틀 후 아침 7시경 인천국제공항에 도착한 나는 중국 동방 항공 티켓발매처에 서성이는 덩치 크고 깍두기 머리를 한 사람을 보았다.

물어볼 필요도 없었다. 키가 크고 덩치 있는 사람은 부두목 같았고, 또 한 명은 부두목의 '똘마니' 같았다. 키도 작고 마르고 찢어진 눈에 과히 좋지 않은 인상들과의 만남이 성사되었다.

공항에서 첫 번째 사건

초창기 중국항공 들은 손님유치를 위해 쿠폰을 발급하여 10번 도장을 받으면 한 번은 공짜로 타는 시스템이 형성되어 있는데, '부두목'과 '똘마니'가 해당이 되었던 것 같았다. 그런데 똘마니가 항공사 쿠폰을 빠트리고 온 것이었다.

"야! 이 자식이 정신을 어디 팔고 왔노. 이 병신 같은 자식이!"

발로 정강이를 걷어차며 얼마나 큰소리로 욕을 하는지 주위의 사람들이 놀라서 쳐다보는 것이었다. 주위의 시선은 아랑곳하지 않고 계속했다.

"이 자식을…, 확! 그냥."

씩씩거리며 고함치는 모습이 흡사 발정 난 멧돼지 같았다. 아마도 내가 옆에 없었으면 죽사발 났을 것 같았다. 똘마니는 아픈 정강이는 아랑곳하지 않고 연신 허리를 90도 숙이며 말했다.

"형님! 잘못했습니다, 형님! 잘못했습니다. 한 번만 용서해주십시오!"

난 놀라기도 하고 한편으론 이 상황이 어찌나 웃기는지 억지로 웃음 참으며 티켓 발매 아가씨에게 쿠폰을 재발급받아 도장 3개 찍고 기존 쿠폰을 가져오면 처리해 주겠다는 대답을 듣고서 티켓발매가 끝이 났다.

공항에서 두 번째 사건

　　무사히(?) 티켓발매를 마치고 아직 탑승 시간이 남아 있기에 간단히 요기하려고 2층 한식집으로 갔다. 주위엔 손님들이 간간이 자리를 잡고 새벽 리무진에 지친 속을 달래고 있었다. 설렁탕 3그릇이 우리 테이블로 배달오고 난 뜨끈한 국물을 막 푸려고 하는 순간 갑자기 '똘마니'가 벌떡 일어나서 허리를 90도 꺾으며 인사했다.

　"형님! 맛있게 드십시오! 형님! 감사히 먹겠습니다!"

　조용한 식당이 떠나갈 듯한 소리에 하마터면 난 숟가락을 떨어뜨릴 뻔했다.

　"어~ 그래, 니도 마이 묵고. 김 사장도 마이 잡수소."

　두 사람에게는 이런 행동들이 너무나 자연스럽게 이루어지는 것 같았다. 주위의 몇 안 되는 손님들도 어리둥절 우리 테이블을 쳐다보며 상황을 판단했는지 키득키득 웃고 있었다. 난 창피하기도 하고 이런 상황을 2박 3일 동안 어떻게 풀어가야 할지 답답한 마음 한가득 안고 비행기에 탑승했다.

기내에서

　　　난 출장차 비행기를 많이 이용했지만, 경비 관계로 좌석은 항상 이코노미였다. 그런데 이게 웬일? 상해까지 1시간 10분 정도 비행인데 비즈니스석으로 예매한 것이었다. 비즈니스석 손님은 달랑 우리 세 사람뿐이었다. 고정 스튜어디스 한 명 이 외투를 받아 걸어주고, 구두를 벗고 편히 가라며 슬리퍼도 주고, 공간도 넓고 안락한 의자에 기내식은 스테이크 등 맛난 음식과 음료 와인 위스키 등, 장거리 여행 시 한 번쯤 이용하면 좋을 것 같았다.

　부두목이 자기 옆자리로 부른다. 부담스럽지만 어쩔 수 없다. 엎질러진 물, 나 역시 거부할 수 없는 상황이 된 것이다. 이런저런 가족사 이야기 사업 이야기 등.

　그런데 호칭을 부르려니 '부두목님'이라 부르기도 여기가 조폭 사회도 아니고 사장이라 부르기도 썩 내키지 않으니 그저 묻는 말에 답변만 할 수밖에 없었다.

　"어, 김 사장! 올해 나이가 몇입니까? 거 뭐꼬, 소개시켜 준 부산 조 사장이 김 사장 선배라 카니 내가 그 양반보다 2살 많으니 내보다 마이 적을 것 같은데? 안 그렇소!"

　난 불현듯 '그래! 이거다~.'

　"아~ 예. 제가 나이가 적다 아입니까? 허허허. 그냥 편하게 형님이라 부르겠심다! 흐흐흐."

차라리 형님이라 부르는 것이 2박 3일 동안 어색함과 약간의 걱정
(?)에서 벗어날 것 같았다.

"아~ 그래! 그게 좋겠제! 그라믄 이제부터 편하게 말해도 되겠제?"

"그라뭐요. 그라이소."

이렇게 상해 홍차오 국제공항(shanghai hong chao international
airport)에 도착했다. 참조로 푸동 국제공항은 1999년 10월 1일
개항되었고, 그 이전에는 홍차오 국제공항(shanghai hong chao
international airport)을 이용되었다. 요즘 대부분의 국제선은 푸
동 공항으로 들어오고 나가고 일부 국제선과 국내선은 홍차오 공항
을 이용한다고 보면 될 것 같다.

상해에서 첫날

　　　　　마중 나온 조선족 가이드를 앞세워 상해 시내 5

성급 호텔 2개의 룸에 부두목과 조선족 가이드가 한방을 쓰고 나는

다행히 똘마니와 한방을 사용하게 되었다. 우린 저녁 식사 가기 전

휴식을 취하기로 했다. 똘마니가 넌지시 기선 제압인지 자랑인지.

　"김 사장님! 내가… 별이 좀 많심다~. 별이 마빵 한 바퀴 돌고 쪼

끔 더 있다 아임니까. 흐흐흐."

　난 뭔 소리인지 했지만 바로 눈치를 채고 말했다.

　"아~, 그러십니까? 별이 많아서 좋겠습니다. 하하하."

　그렇게 대화하며 조금 친숙해질 무렵.

　"저기~ 김 사장님! 비행기에서 형님하고 얘길 하는 것 들으니 나

이가 저보다 많은 것 같으니 제가 앞으로 형님으로 부르겠심다. 흐

흐흐."

　"어~, 그래도 되겠나? 후후후. 그럼 편하게 얘기하자. 그게 좋을

것 같다. 알았네! 동생!"

　난 어느새 부두목의 흉내를 내고 있었다.

　"아, 예. 형님! 그라이소."

　별 하나가 전과 1범, 그러니 대략 전과 8범에서 10범 정도 되는 것

같았다. 처음 접해보는 상황에 약간 부담과 당황을 했지만, 그래도

처음보다는 많이 적응되는 것 같았다. 상해에서의 첫날은 호텔 식당에서 저녁 식사를 하고 내일 바쁜 일정에 일찍 잠자리에 들었다.

상해에서 둘째 날

이른 아침 룸서비스 왔다는 노크 소리에 웨이터가 아침 식사 배달왔다고 한다. 영화나 드라마에서 본듯한 조그마한 이동차에 뚜껑 덮인 냄비, 그리고 샐러드 등 음식들이 가지런히 차려 우리에게 배달되었다.

"동생! 봐라. 이런 것 비싸기만 하지 별맛이 없는데 안 그러나~?"

"형님요! 우리는 가우다시에 살고 가우다시에 죽는다 아닌고. 흐흐흐. 우리 생활은 항상 이런 식입니다. 예전엔 돈 없으면 공갈 협박 아니면 폭력을 행사해서 자금을 마련했고, 지금은 이런 사업체를 운영하며 지자체 지원도 받고 제품을 남들보다 이윤을 더 남기며 팔고 있다 아임까. 그래도 예전보다 씀씀이가 많이 줄어든 것 아임니까?"

그래, 쉽게 버니 쉽게 쓰고 없으면 약간의 권력행사 하면 어렵지 않게 자금을 마련할 수 있으니 이런 생활이 익숙해져 있는 것 같았다.

대충 아침 식사를 하고 로비에서 만나 택시로 양쯔강 하구 선착장으로 향했다. 남통으로 가는 길이 육로도 있고 배도 있는데 육로로 가면 시간이 많이 걸린다 하니 우린 배를 타고 장강(양자강) 하류를 건너 남통으로 갔다.

간단히 상해를 소개하자면

양쯔강 하류 또는 장강 하류는 태평양으로 가는 관문이기에 세계 선진국들의 선박으로 항상 북새통을 이룬다. 한마디로 정치, 경제, 사회, 문화 등 최고의 도시로써 '동방의 진주'로 불리기도 하며, 오늘날 중국 내에서 제일 큰 상업 금융 중심 내외 무역의 도시인 것이다. 또한, 생산, 소비, 재정 등에서 최고의 부자 도시이자 경제 수도로 지칭하고 있다.

주요 경관으로 몇 가지 소개하자면 아래와 같다.

동방명주탑: 높이가 468미터로, 아시아에서 제일이고 세계적으로 3위에 해당하는 아름답고 웅장한 탑이다.

예원: 남시구에 위치한 전국 중심 문화재 보호구인 도시이다.

외탄: 상해 역사의 축소판으로 불리고 각기 다른 의미의 건축물 등이 산재해있고, 기타 상해 역사의 흔적들을 볼 수 있는 곳이기도 하다.

남통에서의 면(cotton 100%) 수입 건은 무사히 마무리하였다. 제품의 검사와 L/C open 등 필요한 서류에 사인을 끝내고 거래처에서 대접하겠다는 한국에서는 쉽게 맛볼 수 없는 산해진미를 부두목이 극구사양하니, 조선족 가이드는 아쉽지만 어쩔 수 없었다. 나중에 똘마니 얘기가 부두목이 중국 특유의 향료 냄새 때문에 중국 음식을 전혀 먹지 못한다고 했다. 한편으로 아이러니했다.

그렇게 상해로 돌아온 우리는 고풍스럽게 인테리어가 된 고급 레스토랑에 자리하게 되었다. 음악이 흐르고 조금씩 담겨오는 감칠나는 음식, 그리고 새로운 방문객을 위한 와인까지. 묘령의 방문객은 다름 아닌 부두목의 중국 애인이었다. 상해 모델 출신이고 현재는 상해에서 3시간 정도 떨어진 고향에서 부모님 모시고 작은 사업체를 하고 있다고 하였다. 키도 크고 잘 빠진 체구에 얼굴은 전형적인 중국 미인이었다.

"김 사장! 한국 가는 스케줄 이틀 정도 미뤄도 되겠제~. 난 좀 있다가 조선족 가이드와 여자 집에 가서 부모님께 인사드리고 선물도 전해주고, 하룻밤 자고 낼 저녁쯤 올 끼다~."

애인에게 단단히 빠진 것 같았다. 하긴 모델 출신에 미인이니. 제기랄! 선택의 여지가 없었다.

"그라이소 형님! 더 이상 날짜는 미루면 안됩니데이! 내도 공장일이 바쁘서 말입니다!"

약속을 다짐받고 부두목과 애인, 그리고 조선족 가이드를 보내고 우리는 맞지 않은 음식에 속을 달래려고 호텔 근처 중국 식당에서 매콤한 해산물에 빠이주(빼갈) 한 병씩 마시고 그렇게 상해의 둘째 날이 지나갔다.

상해의 셋째 날

어제 통화한 고향 선배와 만남에 아침부터 부산을 떨며 똘마니에게 같이 가자고 했더니만 어젯밤에 먹은 해산물과 빼갈에 속이 편치 않다며 호텔에서 쉬겠다 했다. 난 고향 선배가 부탁한 한국 만화책을 가방에 담아 선배 사무실로 갔다. 만화책은 선배의 아이들 것으로, 미리 한국에서 통화 하니 부탁하길래 구입해 가지고 온 것이었다.

선배는 가족들 모두 같이 들어와서 상해에서 살고 있었다. 오랜만에 만나 이런저런 얘기에 간단히 점심 먹고 한잔하고 가라는 선배의 고마움을 다음으로 미루고 호텔로 돌아왔다.

상해 임시 정부

            상해 임시 정부는 1919년 4월 11일 중국 상해에
설립된 대한민국의 망명 임시 정부를 말한다. 3 1 운동 이후 국내
외에는 상하이 임시 정부를 비롯해 러시아의 대한국민의회 정부, 천
도교 중심의 대한민간 정부, 한성 임시 정부 등 다양한 임시 정부가
조직되어 활동을 펼쳤는데 이 중에서 국내 13개의 도를 대표했던
'한성 임시 정부'와 러시아의 '대한국민의회'가 합쳐 바로 상하이에서
조직된 임시 정부이다.

  대한민국 임시 정부는 크게 상하이 시대(1919~1932)와 이동 시대
(1932~1940), 충칭 시대(1940~1945)로 구분된다. 이 중 임시 정부
의 근간을 만들고 활발히 활동했던 때가 바로 상하이 시대이고, 이
시기에 교통, 군사, 외교, 교육, 재정, 사법 등 모든 분야에 걸쳐서
정책을 세우며 뿌리를 내렸다.

  그리고 연통제를 실시하여 국내의 각 지점 들을 관리 감독했다.
동시에 외교 활동을 전개하여 중국을 비롯해 미국, 영국 등 여러 나

라에 한국의 독립에 대한 의지를 보였으며, 제2차 인터내셔널회의인 만국사회당 대회에 참석하여 한국독립승인결의안을 통과시키는 큰 성과를 내기도 했다. 이밖에도 무장독립론을 기본으로 윤봉길의 폭탄 의거로 일본의 주력 인사들이 사망하자 일본의 보복을 피해 상하이를 떠나게 되었다.

그리고 오후에는 똘마니와 우리나라 임시 정부 청사와 남경루(난징루)에 들러 가족들과 주변 이들에게 선물할 편자환, 우황청심환 등 몇 가지 약을 구입하고, 난진동루 마트에서 약간의 쇼핑을 한 후 저녁 무렵 호텔로 돌아왔다. 드디어 내일 오전이면 한국행 비행기에 탑승해있을 것이다.

상하이 난징루(Nanjing Road)

　　　　상하이에서 가장 번화한 중국 제1의 상업 거리
로, 동　서 구분이 확연하다. 둘 다 상하이 최고의 쇼핑가라고 할
수 있는데, 난징둥루(南京東路)는 일반적인 생필품을 파는 할인마트
및 재래시장 등 간단한 쇼핑을 즐기는 사람들로 이곳은 항상 북적
인다.

반면 난징시루(南京西路)는 고가의 브랜드 숍이 많아 인적이 훨씬
드물다. 상하이 시 정부가 2001년부터 많은 돈을 투자해서 파리의
샹젤리제나 뉴욕의 5번가 같은 세계적인 쇼핑가로 만들 계획을 하
고 실현하려 했는데, 이를 눈으로 확인할 수 있다. 2km가 채 안 되
는 거리에 1,000개가 넘는 세계적인 브랜드 숍이 북적이고, 중국 시
장에 진출한 명품 브랜드 대부분이 이곳에 개점되어 있다.

조금 늦은 밤, 부두목은 본인의 할 일을 잘 마쳤는지 기분 좋은
모습으로 돌아와서 마지막 밤을 이렇게 보내면 안 된다고 조선족 가
이드 보고 위스키 한 병 하고 안주 몇 가지를 사오라고 지시했다. 그
렇게 우리는 상해에서 마지막 날을 위스키와 함께하였다.

한국으로 돌아와서 몇 개월 지난 후 우연히 뉴스에 칠성파 두목
이 원주교도소에서 출소하는 장면을 잠깐 보여주는 것이다. 관심을

가질 수밖에 없었다. 교도소 정문 양쪽으로 까만 양복을 입은 부하들이 도열해 있고 원주교도소 철문이 열리면서 출소하는 두목을 향해 양쪽 도열한 부하들이 일제히 90도 꺾인 허리로 인사하는 것이었다.

"형님! 어서 오십시오! 형님! 고생하셨습니다!"

우레와 같은 함성 소리에 칠성파가 살아있음을 상기시켜주는 것 같았다. 그리고 며칠 후 부산 선배에게 전화해서 뉴스 상황을 얘기했더니만 두목은 경주 보문관광단지 내 조선호텔에 투숙하여 컨디션(?) 회복 중이라는 소식을 접하게 되었다.

중국에서 돌아온 후 간간이 부두목에게 안부를 묻는 통화도 하였다. 차츰차츰 그렇게 잊혀 갈 무렵, 부두목에게서 부산에 한 번 내려오라는 전화가 왔다. 이유인즉, 출소한 두목 환영 축하 파티를 하는데 동참해달라는 것이었다. 마침 부산 출장 갈 일도 있고 해서 겸사겸사 구경도 할 겸 부산으로 갔다.

문현 로터리 주변에는 나이트클럽 룸살롱들이 많이 있었다. 그중 제법 큰 룸살롱 입구엔 몇 명의 깍두기가 출입자들의 신상을 파악하는 것 같았다.

"야~야! 우리 손님이니 신경 쓸 것 없다~."

부두목의 똘마니가 나를 보고 웃으며 인사했다.

"행님~! 오랜만입니다! 안 그래도 형님에게 지시를 받았습니다!

따라오이소. 제가 형님에게 안내해 드리겠습니다~."

그리고는 나를 부두목에게 데리고 갔다.

"어이~, 하~ 하~ 하~, 김 사장! 오랜만이다! 사업은 잘되고 있제?"

그리고 부두목이 두목에게 나를 소개해 주었다.

"아~, 김 사장~! 내가 교도소 있을 때 도움 주었다는 보고를 받았네. 흐흐흐. 고마우이."

역시 두목이라 그런지 포스가 남달랐다.

"아이고! 아임다! 제가 형님 덕분에 색다른 경험(?) 마이 했다 아입니까. 하하하."

두목 옆에는 부두목들이 여러 명 자리를 잡고 있었다. 양주파티가 벌어졌고 밴드의 음악 소리가 잔잔히 울리고, 룸살롱 사장이 두목에게 술 한 잔 올리니 모두 충성을 다짐한다.

"형님! 감사히 마시고! 충성을 다하겠습니다! 형님~! 만수무강하십시요!"

우레와 같은 박수 소리와 두목의 건배사에 파티는 조금씩 무르익어 갔다. 룸살롱 사장 역시도 칠성파 출신인데, 젊은 시절 과도한 충성에 죽을 고비를 몇 번 넘기고 이젠 조직에서 벗어나 조직에서 지원하고 여러 곳에서(?) 자금을 지원받아 지금의 룸살롱을 인수하여 장사를 하며 조직의 자금을 조금씩 지원하고 그런대로 먹고살만하다고 했다. 또한, 모 방송국 다큐멘터리 '인간 시장'에도 출연했다고 하였다.

"김 사장~! 우리랑 같이 사업해볼 의향이 없는가?"

상해에 동행했던 부두목의 말이 귓전을 때렸다.

"중국 출장 건도 김 사장 덕분에 잘 마무리되었고, 일 추진하는 것 보니 잘할 것 같아서 그런 것이다 아이가~."

두목 또한 옆에서 고개를 끄덕이며 말했다.

"이번 사업 같이 해도 믿을 수 있을 것 같고, 우리랑 다르게 인상도 좋고, 배운 것도 많고, 다양하게 아는 것도 많아 보이고, 업무처리 능력 또한 익히 보고받았기에 한번 만나보고 싶기도 했다네. 껄껄껄."

부두목과 잘 의논해보라는 것이었다. 이건 무슨 자다가 홍두깨 두드리는 소리인지 슬쩍 한번 눈치를 보았다.

"아, 예~. 무슨 사업인데요?"

"아~, 그게 우리가 러시아에서 폐기하는 선박을 수입하려고 하는데, 정확히 얘기하자면 러시아 함선이라 하면 되겠다. 들어오면 엄청난 수익을 올릴 수 있고, 그래서 김 사장이 러시아 다니며 수입에 필요한 서류 등과 러시아 쪽 우리 사람과 만나 자금 관계 등을 논의하여 차질 없이 부산항에 들어오게 하면 되는 것이다 아이가~."

순간 스치는 것이 러시아 마피아하고 연관된 것 같았다.

"아, 네. 형님! 그런데 제가 러시아어도 모르고 구체적인 업무도 아는 것이 없으니 한번 생각해보고 연락 드리겠습니다. 제가 당장 결정할 사항은 아닌 것 같습니다."

"아, 구레. 한번 생각해보고 연락 주라. 그리고 러시아말은 신경 쓰지 않아도 된다. 그쪽에 우리 사람이 있으니 말이다. 아무튼 러시아 쪽에서 받은 서류 선박 카다록 등 우편으로 보내 주꾸마. 검토해보고 연락 주라!"

"예. 그라이소. 형님!"

불편하고 어색한 자리는 바쁘다는 핑계 대고 초대에 감사하다고 두목에게 인사를 하고 그 자리를 벗어났다. 며칠 후 부산 선배를 통해 알아본 바, 역시 내 예감이 적중했다.

러시아 마피아하고 연관되어 있고, 러시아산 폐기 예정인 큰 함선을 헐값에 부산항으로 들어와 부품은 부품대로 일부는 고물 등으로 판매하여 수익을 올리는 사업이라며 선배에게도 자금의 일부를 투자하라고 해서 적당히 핑계 대고 거절했다고 하면서 나에게도 자금 일부를 투자하라고 할 것 같다며 적당히 구실을 만들어 빠지는 것이 맞을 것 같다고 하였다.

하긴 그들의 조직사회에서 내가 무슨 김두한 시절 책사 정진영도 아니고, 나는 적당한 핑계로 정중히 거절하며 난 나의 조직에 충실하기로 했다.

우리는 살아오면서 무수한 사람들을 만나고 헤어지고 그 희로애

락 속에 또 다른 시간을 맞이하곤 한다. 조직이란 나름의 철학을 가지고 각자의 조직에 맞춰 살아가고 있는 것 같다. 조직에 대한 섣부른 판단은 쉽게 내려서는 안 될 것 같다. 판단은 본인들의 몫이니까 말이다.

젊은 시절 20년이 훨씬 지난 그때의 일들을 모두 다 기억할 수는 없지만 희미한 추억의 책장을 또 한 번 넘겨보았다.

기억으로는 선배가 부산진시장에서 원단 주로 한복지 등을 도매하는 가게를 했었다. 술을 좋아하는 선배고, 거래처 손님들에게 접대로 자주 문현 로터리 술집을 이용하면서 술집에서 자연스럽게 칠성파 부두목과 인연이 되었다고 했다.

많이 흐른 세월에 부산 선배와 칠성파 부두목은 잘살고 있는지, 아니면 사랑방 신세 되어 살아온 세월을 한탄하고 있는 건 아닌지 누구 하나 연락되는 이가 없다. 뉴스를 통해서 칠성파와 다른 조직과 영역 싸움 보도를 접할 뿐 알고 있는 것이 모두였다.

혹 만나게 되면 지나온 추억과 세월의 넋두리에 소주 한잔 마시며 늙어가는 모습과 삶의 연륜 속에 껄껄껄 웃으며 황혼의 친구가 될 것 같다.

봄이 오는 소리

갈매기 전복 맛에
늦은 철 들고
보은의 초보 농부
대추 수확 부푼 마음
때 이른 희망에
힘든 농부 보상받네

청둥오리 떼 지어
떠나가는 날갯짓에
몸도 마음도 조금씩
바빠지기 시작한다

대천의 밤

수평선 끝자락

불 밝힌 삶의 흔적 속에

우리들은 오늘도

서로 다른 삶을 살아가고 있습니다

보고도 느끼지 못하고

있어도 보질 못하는

빠르게 스쳐 지나간

젊은 날 우리들의 초상

이젠

천천히 걸으며

보이는 것에 감사하고

만남의 행복에

고마움을 가져봅니다

초승달 아롱거리는

아름다운 밤바다

너와 나 우리는

도닥도닥 두런두런

행복한 시간 속에

또 하나의 추억을

잔잔한 파도에 띄워 보냅니다

가을비

이른 아침 빗소리에
기지개 켜고
헛기침 소리에
잠을 깨운다

베란다 빨랫줄에
빨강으로 채색된
주렁주렁 달린 곶감
아침 인사 하는구나

가을비 젖은
잎새들
빨강 노랑
파랑 보라
무지개로 피어나고

고향 떠난 철새들

북동풍 바람 타고

고향 찾아 돌아오니

우리들의 마음속엔

벌써 겨울이 왔구나

계절의 흔적

머리엔 하얀 눈 덮고

가슴엔 찬 서리가 내릴 때면

돌아올 것 같은 그대 생각에

우리들을 설레게 한다

퇴색되어가는 나뭇잎

사이 사이로 불어오는 바람에

옷깃 여미는 계절

지난 흔적 잊혀지고

또 다른 시간들로 채워진다

얇아지는 달력엔 공허한

바람이 불고

퇴색되어 버린 나뭇잎은

살아온 우리들의 세월을

대변해주는구나

남이 나를 알아주지 않을 때

그 외로움에

먹먹해지는 가슴 부여안고

울어본들 소용없고

내가 나 자신을

알아주지 않을 때 그 고독함에

고함친들 무슨 소용 있으랴

답답한 이 마음

바람 타고 구름 타고

그 시절 그곳으로

시간여행이라도 떠나

고독과 외로움을

계절의 흔적 속에 묻어버리자

머리엔 하얀 눈 내리고

가슴엔 찬 서리 내리면

우리들은 잊혀 가는 끄나풀 잡고

또 다른 삶을 살아갈 것 같다

유혹

꽃다발 한 아름 안고
설레며 달려왔지만
수줍어서 고개 숙이고

잡힐 듯 잡힐 듯
계절의 향기는
물안개 피어오르는
안갯속으로 사라진다

철새들 가지런히
날갯짓하며
계절의 유혹에
주둥이에 꽃잎 물고
귀향길 서두른다

코스모스

가을바람 산들산들

부러질까 아슬아슬

햇살에 생기 추스르고

자연의 섭리에

순응하며 살아간다

뒤죽박죽된

불균형의 현실에

혼자가 아닌

우리가 된 것에

작은 위안을 가져본다

보이지 않은 곳에서

알지 못하는 곳에서

그댈 위해 기도하고

우리를 위해 노래를 부른다

사랑할 줄 아는 순정

이해할 줄 아는 애정

베풀 줄 아는 조화 속에

조금씩 조금씩 돌아오는

또 다른 시간에

우리들은 감사할 줄 아는

삶을 살아가고 있다

아름다운 날들

잘 채색된 파란색 도화지

군데군데 뭉게구름

화폭에 담고

빨강 고추잠자리

상하좌우 천방지축

날아다닌다

멈출 줄 모르고

질주하는 가지는

찬 서리 내릴 때쯤

멈출 것 같고

부러질까 위태위태

연홍색 감은

호랑이도 겁낸다는

곶감으로

겨울을 기다린다

앞밭

배추 무우는

곤충들과 공생 공존하며

김장을 기다리고

뒷밭

누렁이 호박

넝쿨째 굴러들어오는

계절의 변화에

한해 마무리

차분히 준비한다

자전거

한적한 시골길

오래된 자전거 한 대 굴러간다

연륜의 힘인지

사랑의 힘인지

평온하고 아름답게 굴러간다

한적한 시골길

영감은 운전수

할매는 승객 된

오래된 자전거는

지는 황혼의 노을 속에

삐걱거리며 굴러간다

한적한 시골길

서산 넘어가는 붉은 해는

노부부의 삶을 축복하고

아름다운 노을은

인생의 막바지 등불을 비추며

종착지를 향해

천천히 조용히 굴러간다

한적한 시골길

느릿느릿 굴러가는

오래된 자전거에

너와 나 우리들 삶을 실어 보낸다

보내는 마음

아픈 미소 감추고
사랑 미소 가득 담아
떠나보내는
이별의 아픔은
감출 수가 없습니다

설레었던 만남은
어느새 이별의
아픔이 되었습니다

열정과 애정에
지쳐버린 내 모습
오늘은 나 홀로
술잔 마주하며
슬픈 미소 사랑 미소
떠나보내고
이 밤 지새우며
인생 이야기나 할까 합니다

낙엽

눈이 내린다
이리저리
흩날리다 지친
알록달록 퇴색된
눈이 내린다

눈이 내린다
우리들 가슴에
쓸쓸함과 외로움
가득 채우고
눈이 내린다

눈이 내린다
바스락바스락
사랑하는 님
발자국 소리인가
가슴 설레며
가을은 깊어만 간다

흔적

뒤돌아볼 틈조차 없었던

나의 시간들

정신없이 살아온

우리들의 삶

새치가 아닌

백발로 변한

반백 년 넘은 세월

무엇을 바라는 것보다

무엇을 해야만 하는 삶이지만

가끔씩 뒤돌아보며

조금씩 쉬어가는 것도 좋을 듯합니다

무섬마을(수도리)

흐르는 물에

달빛은 빠져 춤을 추고

아롱거리는 물결은

반짝반짝 수도리의 보석이 된다

소백산 서천과

태백산 내성천이

마을 뒤편에서 만나

사랑을 속삭이듯

서로서로 안겨 흘러가니

그 모습 물 위의 섬 같다 하여

수도리(水島里)라 불린다

반남 박씨 신성 김씨

더불어 살아가고

꽃가마 사랑 담아

아슬아슬 위태위태

외나무다리 즈려밟고

사랑 찾아 건너간다

반남 박씨 신성 김씨

세월의 바람 타고

하나둘 떠나가니

잡초와 와송으로

고택은 폐허가 되어가고

초가집 굼벵이는

보양식이 되었구나

풍파와 세파에

흔적만 남은 외나무다리는

콘크리트 포장되고

세월의 흔적 속에

한결같이 그 자리 그곳에서

옛 정취를 뽐내고 있구나

반남 박씨 신성 김씨

하나둘씩

꽃 바람 타고 돌아오니

무섬마을 꽃단장 되고

무섬마을 사랑이 피어난다

명절

삶의 골이 깊어진다

공허한 마음 한편에는

떠나보내는 아쉬움과

허전한 마음이 자리한다

우리들은 어느새

우리들 부모의 나이가 되고

되돌릴 수 없는 안타깝고

후회스런 시간만이 남아 있는 것 같다

떡국이 있어야 할 자리엔

햄버거와 콜라가 있고

죽은 자의 예의보다

산자의 편리함으로 바뀌어 가는

우리들의 것이 남의 것으로

변해가고 있는 현실이다

왁자지껄 깔깔대며

떠나가는 자식들

우리들이 그러했듯이

되풀이되는 시간은

세월이 답할 것 같다

차가운 겨울 칼바람이

옷깃을 스쳐 지나갈 때

아련히 떠오르는

우리들 부모의 모습이

이젠 우리들의 모습이 되어버린

아쉬운 명절이 되어가고 있다

속리산(정이품송)

굽이굽이 돌고 돌아

말티고개 돌고 돌아

속리산 마주하니

산 지킴이 正二品松

반쪽 되어 맞이하네

조선의 7대 임금

세종(이도)의 둘째 아들

세조(이유) 10년

피부병 치유 위해

속리산 행차하여

목욕 소 방문할 때

행차 행렬 방해될까

늘어진 나뭇가지

행차 '연(輦)' 피해 주니

세조가 이르기를

신하 된 도리가 사람보다

낫다 하여

正二品 높은 벼슬

어명을 내리니

그 이름 正二品松

말티고개 돌고 돌아

과거길 한양 천 리

선비들의 부러움이

지당하고 남는구나

산 지킴이 600여 년

'權不十年' 60번에

正二品 높은 벼슬

명 끝나가니

앞으로 600년

正一品으로 명하여

正一品 松 正一品 松

푸른 松 푸른 松 우리 모두 노래하세

오월의 밤

이팝나무 가로수 길
하얀 꽃 흩날리니
보릿고개 아련한
추억으로 남아 있고

간들간들 부는 바람
아카시아 향기 내음
가는 걸음 멈춘다

이팝꽃 한 움큼
꽃향기 술잔 띄워
오월의 밤 깊어가니

아카시아 살랑살랑
꽃향기 뿌리고
이팝나무 덩실덩실
춤을 춥니다

지 것인 양

지 것도 아닌 것을
지 것인 양 흉내 내며
혼자만의 합리화 속에
자아도취에 젖어있는 사람이 있다

지 것도 아닌 것을
지 것인 양 흉내 내며
불일치한 언행을
깨닫지 못하고
다른 이 핑계에
묻혀 사는 사람이 있다

자기 것도 아닌 것을
자기 것 다 인양 흉내 내며
씁쓸한 쓴웃음 짓게 하는
사람이 있다

늘어나는 약봉지에

황혼의 노을 보이고

세월의 안타까움에

미련도 가져보지만

적게나마

활동할 수 있고

만날 수 있는 것에 감사하며

조금씩 내려놓으며

큰 것이 아닌 작은 것에

만족하고 사노라면

자기 것은 아니지만

자기 것이 될 수 있는

또 다른 하나의 이유가 아닐까 합니다

편견과 이해

사람의 소리는 잠시 멈추고
자연의 소리를 들어봅시다

우리들의 소리는 잠시 멈추고
바람의 소리를 들어봅시다

하고 싶은 말 있어도
해주고 싶은 말 있어도
잠시 멈추고
주변의 소리를 들어봅시다

우리들 소리 따뜻한 소리
그대의 소리 행복한 소리
너와 난 사랑의 소리
세상 모든 소리
편견 없는 이해의 소리

우리들은 이렇게

주변의 소리에

사랑하고

이해하고

감사하며

살아가고 있습니다

욕지도

푸른 바다 점점이 떠 있는

아름다운 점 욕지도

인연에 고맙고

동행에 감사합니다

빛바랜 흔적은 아쉬운

추억으로 간직하고

지나온 후회와 미련일랑

부딪치는 파도에 떠나보냅니다

싱그러움이 절정을 이루는

아름다운 계절

새로운 설렘과 감정에

행여 들킬까

못 본 척 그대 보며

노을 속 이 시간

필연의 시간으로 간직될 것입니다

점점 이 서로 다른 모양으로

바뀌어 가는 아름다운 섬

욕지도 밤바다 품에 안겨

우리들 사랑 노래 불러봅니다

결혼기념일

아들(힘찬)

얼씨구 좋다

지화자 좋다

엄마 아빠 결혼기념일

가족 모두 축하하네

60여 년 세월에

주름은 깊어지고

심해지는 잔소리

애증의 소리

앞밭 배추 얼고

뒷밭 무 얼고

정리 안 된 하우스

그렇게 살아간들 어떠하리

얼씨구 좋다

지화자 좋다

어머니 잔소리

사랑의 소리

우리 가족

웃음꽃 만발하고

아버지 신명 나서

덩실덩실 춤을 춘다

일상생활

가을과 함께 찾아온

큰 키에 목이 긴 그대

혼란스러운 일상생활에

힘들어하는 모습이

못내 안쓰럽기도 하다

가을은 또 다른

봄을 알린다

막걸리 한 잔에 국화 향기 담고

코스모스에 사랑 실어

일상으로 돌아간다

가을의 끝자락에

끝날 듯 끝나지 않은

혼란스런 생활들은 이제

우리들의 일상이 된 것 같다

Part 3

사랑, 우리들의 이야기

연변 조선족 자치주(연길시)

중국 연길시

연길(延吉, 옌지)시는 지린성(길림성) 동부에 위치한 도시이다. 연변 조선족 자치주의 중심도시이며, 인구는 약 640,000명이고, 동쪽으로 도문시(두만강 인접 도시)와, 남쪽으로는 용정시와 접해있다.

한자를 한국어로 읽어 연길이라고도 부른다. 참고로 소수민족 자치구/자치주에서는 중국어와 더불어 소수민족의 언어를 우선적으로 사용하도록 되어 있다. 그래서 역이나 시설(호텔, 대형마트, 관공서 은행 등)과 도로 식당 등에 조선어가 표기되어있어 중국어를 몰라도 큰 어려움 없이 다닐 수가 있다. 실제로 '연길'이라는 표현이 옌지(중국 발음)보다 더 많이 쓰인다. 물론 한족들이나 근래에 온 이주민들의 경우에는 '옌지'라고 해야 알아듣는 사람도 있다.

연길시 서남 쪽에 위치한 조양천진에 연변 조선족 자치주 내 유일한 공항인 조양천 국제공항이 있다. 지린성(길림성)에서는 장춘에 이은 2번째 규모이며, 동북 3성(요령성, 길림성, 흑룡강성)의 공항 규모로만 비교했을 때 심양시, 장춘시, 하얼빈시, 대련시에 이은 5위의 국제공항이다.

인구 60만에 불과한 연길이 600만 명 이상의 대도시들과 비교될 만한 규모의 교통량을 가지고 있다는 것은 연변에 영향을 끼치는 대한민국의 자본력이 얼마나 큰지를 알 수 있는 부분이다. 대외 공식 명칭은 연길 조양천 국제공항이며 현재 민영 항공기와 군용기가 함께 사용하고 있다.

그리고 한국에서 백두산 및 주변 옛 조선의 역사 탐방을 갈 때 조양천 국제공항을 이용하는 것이 가장 빠른 방법이다. 그래서 예전부터 연길은 한국의 사학자들과 많은 관광객이 방문하는 곳이기도 하였다. 하지만 2019년까지만 해도 항공권 운임이 비쌌다. 왕복이 한화 80만 원에서 비쌀 때는 100만 원도 넘었다. 따라서 하얼빈 장춘으로 입국하는 경우가 비일비재하였다.

그러나 2020년부터 제주항공과 중국 동방항공이 경쟁에 참여하면서 항공요금이 내려가 현재는 한국 돈 20만 원대, 비싸도 30만 원대에 형성되어 있다.

"연길(延吉)에서 용정(龍井) 가는 주변에 해란강과 '일송정 푸른 송은 늙어 늙어 갔어도 …'라는 노랫말이 생각나는 일송정(一松停)이 있다. 아쉽게도 중국의 동북공정으로 인해 예전 소나무는 베어 없어지고 나중 한국의 사학자들과 연길시가 협의하에 한국에서 공수해간 소나무를 정자 옆 베어진 곳 주변에 심었다.

또한, 조선의 많은 지식인들이 일제의 탄압을 피해 이곳 용정으로 이주하였다고 한다. 그중 대표적인 한 명에 시인 윤동주가 있다. 시인의 어린 시절 생가와 시인이 졸업한 대성중학교가 지금도 지역의 학생들이 다니고 있고, 교내엔 시인의 동상과 대표적인 시(서시)가 쓰여 있다. 기념관도 잘 조성되어있어 한국 관광객들의 관광 코스 중 한 군데이기도 하다.

윤동주의 유고 시집인 『하늘과 바람과 별과 시』에 수록된 「서시」는 국문학을 대표하는 명시 중 하나이다. 내용이 간결하면서도 사람의 고뇌를 잘 드러낸 시로, 많은 사람들이 시 한 편을 읊으라고 하면 주저 없이 선택할 시 중 하나이다. 실제로 어느 통계의 결과에 의하면, 가장 좋은 시를 뽑으라고 했을 때 일반인들은 더욱 대중적인 나태주의 「풀꽃」과 김소월의 「진달래꽃」 등을 뽑은 것에 비해 시인들은 십중팔구 「서시」를 선택했다고 한다. 인간의 고뇌를 단순한 언어로 아름다운 자연에 비추어낸 윤동주의 대표작으로 여겨진다.

서시

(1941년 11월 20일 작)

죽는 날까지 하늘을 우러러

한 점 부끄럼이 없기를,

잎새에 이는 바람에도

나는 괴로워했다.

별을 노래하는 마음으로

모든 죽어 가는 것을 사랑해야지

그리고 나한테 주어진 길을

걸어가야겠다.

오늘 밤에도 별이 바람에 스치운다.

    용정에는 조선의 아픈 역사 한 단면을 보여주는 일제 대동아전쟁의 전진기지인 '일본 관동군 사령부' 건물이 새롭게 단장되어 지금은 용정시 관공서로 이용되고 있다. 그리고 연길시는 두만강이 지척에 있어 북한과 교역이 활발히 이루어지며, 북조선 탈북자들의 피신처로 많이 이용되는 곳이기도 하다.

"여보세요! 아, 네. 안녕하세요! 어르신~, 저는 한국에서 뱀 알 구입 문의차 전화를 드렸습니다."

"무시기요, 고조~ 지금 어디임메? 남조선임메? 지금 어디메서 전화하는 기야요."

수화기 넘어 어르신 답변이 남조선에서 어느 미친놈이 쓸데없는 전화하는 것 인양 퉁명스런 대답이 되돌아왔다.

"아, 네. 한국이 아니고 지금 연길에서 전화합니다! 제가 어르신 찾아뵙고 뱀 알을 구입하려고 하는데요?"

내가 생각해도 대화의 내용이 좀 이상하였다. 뱀알이라니~. 조선족 어르신은 긴가민가하면서도 이야기했다.

"고조 뱀 알이야 있수만 연길에서 이곳까지 한참을 와야 하는데 내래 있는 곳 잘 찾아오겠수? 중국말은 잘하요?"

"아니요. 중국어는 못합니다."

"아니. 기름 찾아올 수 있갔수?"

"네, 어르신. 어떻게 오라고 알려주시면 찾아가도록 하겠습니다. 잘 모르면 어르신에게 전화하면 되질 않겠습니까?"

"기래. 기름 알려줌세 언제 올 것 임메? 기리고. 뱀 알이 얼마나 필요한지 알려주게나."

"네. 낼 아침 일찍 출발할 것이고 수량은 500개 정도 필요합니다."

"알았슴메. 기름 낼 출발할 때 전화 주기요."

이렇게 조금은 황당하고 중국이기에 가능한 뱀 알 구입이 성사되었다.

뱀 알을 구입하게 된 동기는 한국의 지인(한의원 원장)과 술 좌석에서 발단이 된 것이었다. 한의원에선 건조된 뱀알을 잘 볶아서 미세한 가루로 만들어 약재에 사용한다고 했다. 특히 기관지에는 탁월한 효과가 있다고 하였다. 한국에서 한 알에 만원 정도 구입하여 약재로 사용한다고 하였다. 그래서 연길 방문 시 한번 알아보겠다고 한 것이었다. 연길에 사는 조선족 지인에게 부탁하여 뱀 사육 농장을 찾게 되었고, 전화번호도 알게 되었던 것이었다.

10월 초 정도였는데 연길은 제법 쌀쌀하고 밤이 되면 추웠다. 하긴 백두산엔 벌써 눈이 왔다고 하였다.

다음날 연길 시외버스 정류장

왕청이란 내륙지방까지 버스로 2시간 30분 정도 가서 택시를 타고 1시 30분 정도 더 내륙으로 들어가면 목적지인 조그마한 마을에 도착한다고 하였다.

초행길에 조금은 두렵기도 하고 걱정도 되었지만, 3시간여 걸려 도착한 생전 처음 보는 뱀 사육 농장은 어떤지 호기심을 자극하기는 충분하였다.

아침 일찍 출발한 여행은 점심시간이 좀 지나서야 도착했다. 조그마한 시골 마을은 우리들의 60년 70년대 어릴 적 동네 모습이었다. 왠지 모를 정겨움과 생소하게 느껴지지는 않았다. 마을 어귀에 마중 나온 풍채가 좋으신 조선족 할아버지에게 인사를 하고, 어르신으로부터 마을 소개와 남조선사람의 방문이 흔치 않다며 뱀 알 구입하게 된 사연과 이런저런 대화를 나누며 집으로 향했다.

"이 마을 60여 가구는 전부 조선족 사람임네…. 남조선 사람의 방문이 흔치 않은 곳이라 사장의 방문이 몇 년은 되었는 것 같슴메. 여기 주민 대부분 고향은 함경도이고, 농사를 주업으로 하고, 아님 내래 같이 짐승들을 사육하며 살아감매."

할아버지 말씀에 고개를 끄덕이며 별다른 질문하지 않고 빨리 뱀 알을 구입한 후 어둡기 전 이곳을 벗어나고 싶었다.

조선인에서 조선족으로(1)

　　　　19세기 초 조선 북부 지역은 연이은 자연재해로 곤궁해진 농민들이 살길을 찾아 두만강 압록강 넘어 중국의 동북 지역으로 이주하니 중국 이주의 시작이 된 것이다. 그리고 19세기 중후반 조선왕조는 정치 경제 외교 등 전 방위적인 외세의 압력으로 급격하게 붕괴되며 일제의 식민지가 되었다.

　조선인들은 자의 혹은 타의로 일제의 식민통치로 인하여 고향을 등지고 중국에 왔지만, 중일 간의 모순된 정책에 휘말리게 되어 틈새에서 힘들게 생존의 길을 모색해야만 했다.

　1932년 일제는 만주국이란 허수아비 정권을 건립하여 비참하게 살았던 청나라의 마지막 황제였던 '푸이'를 '집정'에 앉히고 '日滿意定書(일만의정서)'를 통하여 청조와 일본 사이의 모든 불평등조약을 승인하고 동시에 '공동방위'의 명의로 일제 관동군의 주둔과 행동을 승인함으로, 결국 실질적인 일제의 식민지로 전락시킨 것이었다.

　만주국에서 조선인들은 일제의 지시를 받아들이면 표면상으로는 '망국노'의 신분에서 '만주국 국민'의 신분을 획득할 수가 있었다. 이렇게 이루어진 조선인들은 만주국을 하나의 공동체로 상생하게 된 것이었다.

　중국 조선인 문단에서 활동하였던 안수길 등 조선인 문학도들은

'북향(한반도 북쪽의 고향)'이리는 문학단체를 설립하여 자신의 소설 『북간도』의 서문에 "우리 조상들이 피와 땀으로 이룩한 만주를 그 자손이 진실로 새로운 고향으로 생각하고 백년대계를 이루도록 할 것"이라고 쓰여있다. 이 소설의 주인공인 초기 조선 이민자의 꿈은 '우리들의 아들과 손자 들을 위하여 아늑하고 아름다운 북향을 건설하는 것'이었다.

"남조선 사장! 저기가 내래 집임메…. 자식들은 도시로 나가고 할망구와 단둘이서 산다네."

"아, 네. 어르신 말씀 놓으시고 그냥 김 사장이라고 불러주이소."

"허허허~, 그럼세."

집 구조가 조금 특이했다. 부엌이 안에 있었다. 현관이라기는 미비한 4쪽 된 미닫이문을 열고 들어가니 큰 솥이 걸린 2개의 아궁이와 작은 냄비를 걸 수 있는 조그마한 아궁이가 1개 있었다.

"김 사장! 중국 북방 시골의 아궁이가 대부분 이렇다네. 겨울이 되면 추운 날씨 때문에 방안에 아궁이를 두고 있슴메. 외부로 나가지 않고 안에서 불을 기피고, 그 불로 음식도 하고 동시에 보온을 유지한다네. 연통만 잘 만들어놓으면 불을 지필 때 연기도 적고 집 안 보온력도 좋다네…."

"네. 그럴 것 같네요. 한국에는 시골에 가면 바깥에 보일러가 설치되었고, 기름보일러도 있지만 화목보일러를 많이 사용합니다."

"기름, 그렇겠지. 한국은 중국보다 생활 수준이 높으니 말일세. 흐흐흐…. 여기서도 위성 안테나 설치하면 한국 뉴스, 드라마도 볼 수 있다네. 기래서 발전된 한국을 잘 알고 있다네…."

그래서인지 집집이 위성 안테나가 설치되어 있는 것을 볼 수 있었다.

"할멈! 여기 고기랑 白酒(빠이주)을 가져오기요! 남조선 사장, 먼 길 걸음 하여 왔는데 맛있게 볶아서 갖고 오기요."

난 그렇지 않아도 배도 고프고 피곤도 하였기에 반주로 한잔하면 피로도 풀릴 것 같았다.

기대하는 순간, 머리를 스치는 것이, 고기가 혹시…?

"저기~, 어르신, 고기가 혹시 뱀 고기입니까? 뱀 사육장 하는 농장이라서 물어보는 것입니다. 오해는 하지 말아 주십시오."

영감님이 껄껄껄 웃으시며 말했다.

"예끼! 이 사람아, 어찌 손님한테 뱀고기를 내놓겠나? 걱정 말게나. 어제 마을에 잔치가 있어서 소를 한 마리 잡았다네. 보관하고 있는 소고기를 요리해서 가지고 오라 한 것이네 걱정 말게나, 할멈 요리 솜씨가 있으니.

난 한편으로 안도의 한숨을 삼키며 방 안을 둘러보았다. 방 안 벽에는 여러 사진들과 위촉증 인증서 허가증 등이 액자에 담겨 걸려 있었다.

"어르신…. 사진들과 액자에 담긴 증서는 무엇입니까?"

"아~, 흐흐흐. 사진은 북경에서 뱀에 대한 세미나에 참석하여 강의를 하고 참석자들과 찍은 기념사진이고, 허가증과 위촉증 인증서 등은 중국에서 뱀에 대하여 높은 지식을 가진 허가증 및 인증서라네…."

그랬다! 어르신은 평생을 뱀 사육 농장을 하며 살아오셨다고 하였다.

"자, 자! 김 사장, 한잔하게나…."

안주와 술을 준비하신 할머니께 감사의 인사를 드리고 육질 좋은 소고기를 안주 삼아 38도 되는 빠이주(한국에선 빼갈)로 구멍에 불을 지피니 쌓인 피로가 조금은 풀리는 것 같았다.

방안 선반에는 여러 종류의 뱀 술이 진열되어 있었다. 그중에 유독 눈에 띄는 것이 제법 큰 술병에 흰색 뱀이 입에 잎사귀를 물고 있는 것이었다.

"어르신, 저거는 무슨 뱀입니까? 혹시, 백사가 아닌지요?"

"허허, 그렇지 백사라네. 껄껄걸~. 평생 한 번 볼까나. 귀한 뱀이라네."

"아, 네~. 그렇군요. 입에 물고 있는 잎은 산삼 잎이겠군요."

백사가 산삼을 먹는다는 것은 예전 뱀꾼들에게 들었던 기억이 있었다.

"조금 알기는 아는구만 산삼이지…. 사장은~ 백사에 대해 좀 아는가?"

"아니요. 귀하고 영물이라는 것 외에는…. 그 이상 알고 있는 것은 없습니다. 흐흐흐."

그렇게 어르신의 지식 보따리가 풀리기 시작하였다.

조선 이주민에서 조선족(2)

중국 공산주의에서 조선인들은 항일 운동은 물론이고 중국의 반봉건 혁명에도 참여해야 하는 '이중혁명'을 부여받았다. 그렇게 중국공산당과 연합전선을 형성하며 싸웠던 이유는 중국 내에서 조선 이주민이 아닌 정식 중국 국민으로 인정받음과 동시에 토지개혁 등에 있어서 중국 조선인들의 권리와 이익을 보장받는 조건으로 이어졌다.

일제의 패망과 함께 중국의 '반봉건' 투쟁에 중국 내 조선인 항일 단체는 중국 공산당과 중국 내 해방전쟁에 함께 싸우게 된 것이었다. 이렇다 보니 조선 이주민의 정체성 인식에도 점차 변화가 생겼다. 이방인의 신분에서 중국인으로서 사명감을 가지게 되고 중국 국적과 56개 소수민족 중 하나인 '중국 조선족'으로 불리며 탄생하게 된 것이었다.

"사장! 내래 동북 3성(요령성, 흑룡강성, 실림성)에서 뱀에 대한 지식은 아마 최고일 걸세. 처음부터 백사(흰 뱀)는 없다네."

"그럼 어떻게?"

"살모사, 까치살모사, 쇠살모사 등, 독을 많이 가진 뱀들이 아프면 스스로 치유하기 위해 약을 먹는다네. 그 약이란 사람들이 먹는 약이 아니고 자연에서 스스로 터득하여 약초를 찾아 먹는다네."

"아, 네. 와~! 그런 사실이 있군요…. 와우 대단하네요. 하하하~."

대화란 일방적으로 듣는 것보다는 적당히 장단을 맞춰야 대화의 주된 사람이 신명 나는 것이다.

"여러 가지 약초 중에 특히 오래된 산삼, 더덕, 도라지 등 열이 많이 나는 약초를 먹고 치유한다고 하네."

'아! 맞다!'

뱀은 아니고 개가 소화가 안 되면 풀을 먹고 토해낸다고 알고 있었다.

"기래서…. 열이 많은 약초를 장기간 섭취하다 보니 원래의 색깔에서 흰색으로 퇴색되어 '백사'라 불리게 된 것이네."

"물론 귀하기도 하지만 오래된 산삼, 더덕, 도라지 등 우리 인간들도 먹기가 귀한 것을 먹고 치유한 뱀이니 가격도 고가 일뿐 아니고 최고로 불리는 보양식 아니겠는가! 허허허."

우리 인간들이야 아프면 병원으로 약국으로, 안 되면 수술 등을 통해 치유하지만, 짐승들은 어쩌겠나? 자연 속에서 좋은 것을 찾아 먹고 스스로 치유하는 것 아니겠는가?

"예. 어르신, 새로운 지식을 얻어갑니다. 흐흐흐. 근데… 어르신, 저기 진열장에 술병에 담긴 백사는 어떻게 잡은 것입니까?"

"그렇지. 궁금할 것일세…. 치유되고 난 후 약초에 맛을 들인 뱀들은 지속적으로 찾아서 먹는다고 하네…. 그리고 이런 맹독류는 산삼 등 오래된 약초를 먹을 때 빨리 도망을 가질 못 한다네. 그래서 저렇게 산삼 뿌리는 다 삼키고 줄기 일부와 잎을 주둥이에 물고 있는 백사를 잡게 된 것이야. 껄껄껄."

촛농으로 밀봉해놓은 산삼 먹다 잡힌 저 백사 술은 맛도 궁금하려니와 몸에도 엄청 좋을 것 같았다. 무지 귀한 것 같아서 차마 입을 떼지 못하는 그런 나를 어르신이 눈치를 챘는지 말을 꺼냈다.

"사장! 한 잔 마셔 볼라는가? 보아하니 술 좀 마실 것 같아 보이는데…. 담근 지 한 3년 되었는데 누가 와도 주지 않았습메. 허허허~. 먼 길까지 이렇게 귀한 손님이 방문하였으니 오늘 개봉하여 한 잔 마셔 봅세. 아마 70도 정도 되는 빠이주(백주)로 담근 술이니 무지 독할 걸세. 조금씩 천천히 마시게나. 흐흐흐."

나는 속으로 환호를 지르며 입은 귀에 걸린 양 미소를 지었다.

"와우! 이렇게 귀한 술을 맛볼 수 있게 되어, 흐흐흐, 너무나 영광입니다. 하하하하. 제가 한국에 돌아가면 친구들과 지인들에게 자랑할 수 있는 이야기가 한 가지 더 생긴 것 같습니다. 감사합니다! 어르신!"

내 눈으로 직접 목격한 자리에서 술병의 촛농이 떨어져 나가고 뚜껑이 열리니 온방에는 산삼 냄새가 진동하는 것이었다.

"와! 어르신 산삼 냄새가 장난이 아니네요."

냄새에 취할 것 같았다.

"커커커. 이거이 무지 독할 끼야."

나무로 된 국자로 떠서 잔에 따르는 것이 중요한 의식을 치르는 것같이 신비롭게 느껴졌다.

"자, 이제 마셔 봅세~!"

꿀꺽! 침 한 번 삼키고 잔을 입으로 가져가니 이렇게 진한 삼 향기는 과히 다른 삼에 비길수가 없었다. 참고로 중국의 빠이주 잔은 한국의 빼갈 잔과 달리 맥주잔보다 조금 작은, 제법 큰 잔이었다.

독하디독한 70도 빠이주에 백사와 산삼의 진액이 잔뜩 스며들어 발효된 백사주(酒)는 독하다는 표현보다는 목구멍이 녹아내리는 것 같았다.

백사주(酒)

사르르 한 마리 백사가

목구멍으로 넘어가니

온몸 구석구석 전율에

기운이 용솟음치며

한 마리 승천하는 용이 되어

힘차게 날아간다

"김사장! 천천히 마시기요. 몸에 좋기는 하겠소만 내도 이렇게 독한 술은 처음인 것 같습메. 허허허."

"하하하. 네, 조금 적응이 되니 그런대로 괜찮은 것 같습니다."

조금씩 마시던 백사주(白蛇酒)는 어느새 술잔의 밑바닥이 보이고 차츰차츰 올라오는 기분 좋은 취기에 무언가 해야만 할 것 같았다.

"저~어기~, 어~르신, 제가 노래 한 곡 불러드려도 되겠습니까…?"

취기에 발음은 조금씩 꼬여 가지만 노부부의 박수 소리에….

"추풍령고개를 불러드리겠습니다."

추풍령고개

"구~~름~도 자~~고 가~는
바~람도 쉬~~어가는
추~~풍~령~~~ 구~~비 마다한~~많은~~ 사~~연
흘러간 그~ 세월을 뒤~ 돌~~아~보~~며
주름진 그 얼~~굴에 이~슬이 맺혀 ~~
그~~ 모~~~~습 흐렸구~~~~나. 추풍~~령~~고~~~개"

노부부의 앵콜곡으로 「목포의 눈물」 한 곡 더 부르니 무르익은 분
위기에 백사주 한 잔 더 술잔에 채워진다.

"김사장! 이 독한 술 그리 마셔도 되겠는가?"

어르신의 걱정스런 말은 흘러가는 소리 되고….

"걱정 마십시오. 지금까지 술 마시면서 실수한 적 없고 필름 끊긴
적이 한 번도 없습니다."

노부부

중국 대륙 백두산 끝자락
작은 시골 마을
겨울바람 문풍지 소리에
빛바랜 백열등 불 밝힌다

여기가 중국인지
서기가 북조선인지
그 무엇 중요하랴

여기 계신 노부부
조선의 할아버지 할머니

기분 좋은 노부부
흥얼흥얼 뜻 모를 노랫소리
한이 서린 애환의 소리가 된다

중국 대륙 백두산 끝자락
작은 시골 마을

백시주 한 잔에 온몸 덜아오르고

겨울바람 문풍지 소리에

대륙의 밤은 깊어만 간다

빙글빙글 빙글빙글 천정이 약간씩 도는 것 같고, 빛바랜 불빛은 노래방 '사이키' 조명으로 바뀌는 것 같더니만, 그다음은 기억이 나질 않았다.

"어허이, 김사장! 잘 잤는가? 어젯밤 즐겁게 잘 놀더구면. 허허허. 그 독한 술을 마시고도 그런대로 잘 견디는 것을 보니 제법 술도 마실 줄 알고, 흐흐흐. 기래도 술에는 장사가 없다네. 껄껄껄~."

눈을 뜨고 보니 어르신 방에 팬티와 메리야스만 입고 누워있는 내 모습에 깜짝 놀라 후딱 일어나서 옷 챙겨입었다.

"어이쿠야, 어르신…, 어젯밤 술 마시고 노래 부른 것까진 기억이 나는데, 그 이후로는 기억이 나질 않네요. 실수하질 않았는지요? 죄송합니다…."

어르신 말씀인즉. 술 취한 것 같은데 이런저런 얘기도 잘하더니만 무지 덥다 하면서 찬바람 맞으러 잠깐 밖에 나갔다 오더니만 그냥 뻗어버렸다고 했다.

"자다가~ 더운지 일어나서 옷을 벗고 메리야스와 팬티 차림으로 잘 자더라우. 허허허."

"아…, 죄송합니다, 어르신."

"흐흐~, 아닐세. 큰 실수 한 것도 아닌데 신경 쓰지 말게나. 그건 그렇고 기래… 속은 불편한 것이 없는가?"

"네…? 아~, 네. 머리가 아프고 속도 메스꺼울 줄 알았는데 전혀 그런 느낌이 없습니다. 아마도 좋은 술을 마셔서 그런 것 같습니다."

"그럴 수도 있을 걸세. 어흠. 귀하디귀하고 무지 독한 산삼 묵은 백사주를 마셨으니 아마도 좋은 기운 많이 받을 걸세. 허허허~."

할머니께서 차려오신 밥상에는 속풀이 시래기 된장국이 따뜻한 김을 모락모락 내며 먹음직스럽게 담겨있었다. 그렇게 난 생각지도 않은 백사주와 본의 아니게 하룻밤 신세를 지며 새로운 인연에 감사하고 또한 장의 추억을 간직하게 되었다.

원래 500개 주문했는데 추가로 100개를 더해서 600개 냉동된 뱀 알을 인민폐 2,500위안(대략 한화 500,000원)을 드리고 어르신 말씀이 겨울엔 마을 근처 강가에서 개구리(중국어로 하마)를 많이 잡아먹는다고 하면서 시간 되면 놀러 오라는 말씀에 감사하다는 인사를 하고 부디 건강하시고 행복하시라는 작별을 고하고 난 무사히(?) 연길로 돌아왔다.

그런데 문제는 이 뱀 알을 어떻게 한국에 갖고 가야 하는지, 인천 공항 검색대는 어떻게 통과할 것인지 고민되었다.

"여보세요! 원장님! 뱀 알을 구하긴 했는데 냉동된 뱀 알 600개가 무게도 많이 나가고 부피 또한 장난이 아니네. 야~, 이거 우찌 갖고 가야 될지 답이 안 나온다 아이가! 이거 참, 환장하겠네. 크크크~."

한국의 지인(한의원 원장)에게 전화를 하니, 현지 건조기 공장을 찾아 건조를 시키면 부피도 작아지고 중량도 줄어들어 가방에 숨기기 좋고 공항 통과도 무사히 될 것 같다고 했다.

연길시에는 백두산에서 채취한 약초와 주변에서 재배하는 여러가지 나물등을 건조하여 한국 및 타지로 판매가 많이 된다는 얘기를 들은 것 같아 조선족 지인에게 부탁하니 별 어려움 없이 연길 시내에서 조금 떨어진 건조 전문 공장을 찾을 수가 있었다. 3일 뒤에 건조한 뱀 알을 찾아오라는 사장의 답변을 듣고 숙소로 돌아왔다.

그날 밤 꿈에 건조 과정에서 열을 가하니 뱀 알이 부화하여 별의별 뱀 새끼들이 온 공장을 다니는 웃지 못할 꿈을 꾸게 되었다. 뱀 알 때문에 개꿈이려니 생각했지만 다른 한편으론 혹시 하는 불안한 생각으로 잠을 이룰 수 없었다.

3일 뒤, 개꿈의 우려를 말끔히 씻어내고 부피와 중량이 현저히 차이 나는 잘 건조된 뱀 알 600개를 단단히 포장 후 테이핑하고 누군가 신문지를 사용하면 인쇄 기름 때문에 검색대 적외선 카메라에 잘 포착되질 않는다는 허무맹랑한 말을 믿어보며 신문으로 둘둘 말아 캐리어 한쪽 깊숙이 넣었다. 신문으로 감았든 어찌 되었든 무사히 인천공항 검색대를 빠져나와 지인(한의원 원장)에게 전달하였다.

그리고 며칠 뒤 한국에서 한의원 원장이 마련한 술자리에서 나는 백두산 끝자락에 위치한 뱀 사육 농장을 하는 조선족 노부부와의 만남과 그리고 백사가 된 이유 등 열변을 토했고, 백사주 마신 얘기에는 부러운 환호성이 터졌다.

그런데 지인 중 한 친구가 중국은 세계적으로 짝퉁을 잘 만들기로 유명해서 아마 백사도 일반 뱀에 잘 지워지지 않는 흰 색깔을 칠해 백사라며 판다고 하니 모두들 동조하며 한바탕 크게 웃으며 우리들은 소주 예찬에 '건배, 건배'를 외쳤다.

난 그렇게 또 한 가지 중국에서 희한하고 재미난 작은 추억이 만들어졌다.

탄생

흰 송아지 우렁찬 울음소리
탄생의 존재를 알린다
21년 10월 14일 오전 10시 16분

오곡백과 덩실덩실
코스모스 한들한들
장단 맞춰 춤을 추고
빨강 보라 국화꽃
샛노란 은행잎
박수 소리 흩날리는
사랑스러운 행복이
나팔 부는 아름다운 계절
행복이란 흰 송아지
어미 품에 고이 안겼다

찬 바람 불고 눈 내리는 하얀 겨울
옹알옹알 방긋방긋

싱글벙글 미소에

그동안 애태운 애간장 녹아내리고

우리들의 인생 앨범에

행복이란 두 글자

刻印이 되는구나

운명

달리고 달려간다

삶의 짐 가득 안고

폭풍에 비바람 불어도

주어진 운명에 순응하며

어제도 오늘도

달리고 또 달려간다

모든 바람 보호막 되고

모든 운명 숙명인 양 살아가지만

세월의 흐름에 버팀목은

조금씩 조금씩 무너지고 쓰러진다

누구를 원망하고

누구를 탓하겠는가

달리고 달려온 운명의 짐

이젠 훌훌 털어버리고

두려울 것 없고 탓할 것 없는

우리들의 남은 시간

천천히 음미하면서

남은 장을 펼치며

살아봄이 좋을 듯합니다

첫 번째 생일(돌잔치)

행복과 사랑이

영글어가는 좋은 계절

흰 송아지 탄생의 울음소리는

힘찬 웃음소리로

첫 번째 생일을 맞이한다

첫발 디딘 축하 테이프

아빠가 잘라주고

짧은 호흡 몰아쉬며

엄마 품에 안긴

이름 없던 핏덩이

어느새 일 년이 흘렀구나

돌잔치 풍악 소리

덩실덩실 춤을 추고

별 의미 없는 돌잡이에

엄마 아빠 긴장한다

실타래

엽전 꾸러미

두루마리 종이

마이크

청진기

판사봉

엄마는 청진기

아빠는 판사봉

두 번의 청진기 선택에

행복 겨운 웃음소리

한 아름 안고

건강한 얼뜨기

알밤 같은 박선우

씩씩하고 건강하게

자라주면 바랄 것이 없구나

가족들 사랑 속에

외할머니 등짝은 편안한 잠자리 되고

이모 이모부 넘치는 사랑에

축하도장 찍어주니

외삼촌 행복 담아

얼씨구나 어화둥둥

웃음꽃 만발한다

시간은 빠르게 흐르고

우리들 인생 노트엔

또 한 가지 새로운 삶의 과제가 주어진다

우리들의 이야기

남이 아닌 내가 될 수 있고
내 자식이 될 수 있는
안타깝고 비통한 현실을
어찌 잊혀지겠습니까

야속한 바다는 그 자리 그곳에서
변함없이 흘러가고
흘러간 시간 속에
우리들의 아픔은
차츰차츰 잊혀지겠지요

품 떠난 노랑나비
이리저리 방황하다
여인의 흐느낌에 묻혀
저 멀리 저 멀리 날아갑니다

팽목항

밤이 낮 인양

동 서남 가로질러

숨찬 호흡 몰아쉬며

그렇게 달려왔습니다

날개 꺾인 노랑나비

비통함과 원망에

붉은 해 삼키고

부서지는 파도는

울부짖음을 토해냅니다

여인의 애절함과 비통함은

마음속 깊이 응어리지고

여인의 흐느낌은

파도를 울게 합니다

백사주

사르르 한 마리 백사가
목구멍으로 넘어간다

온몸 구석구석 전율에
기운이 용솟음치며
한 마리 승천하는 용이 되어
힘차게 날아간다

영암 가는 길

버스 기사 주절주절

버스는 덜컹덜컹

비포장도로를 익숙한 듯 달려간다

"한다고라."

"해뿌렀구면."

"그렇탕께."

"오매, 어쩌거나."

넉살 좋은 버스 기사

시골 어르신 대화에

장단을 맞춰준다

"영산포!

영산포 손님, 내리시랑께.

영암! 손님만 타랑께요."

"어허이!

기사 보랑께!

나가 표 안 끊어구먼.

현금 줄 것인께."

나주 영산포 신북을 지나면서

왁자지껄 남도 사투리에

붉은 해 미소 짓고

황혼의 붉은 노을

서산으로 넘어간다

새 둥지

"찌악찌악", "찌르찌르",

"찌르륵찌르륵"

암수 한 쌍 울음소리

애절하고 애달프구나

이리저리 안절부절

고픈 배 마다 않고

날짐승 모성애

어찌 아니 감복하랴

사랑이 깊었는지

다산도 하였구나

칠 일 만에 돌아오니

일곱 식구 늘었구나

너희에겐 축복이고

나에겐 행복이다

"찌르륵찌르륵"

"찌륵찌륵"

"뚜버뚜버"

"찌르륵찌르륵"

"찌악찌악"

"찌지찌지"

나 이제 떠나가면

애타고 졸인 가슴

걱정일랑 하지 말고

마음 편히 사랑하고

굶주린 배 가득 채워

새끼 부화 소홀 말고

저 하늘 떠다니는

수리매 무서우면

잠시도 주저 말고

한걸음에 오려무나

이 집 주인 그때까지

나그네로 살 것이니

만남 과정 상관 말고

맺은 인연 소중하며

예쁜 새끼 부화하여

인사 오면 감사하고

행복하게 살려무나

봄의 절정

색바랜 가로등 불빛
5월의 밤 깊어가고
이팝나무 하얀 꽃
보릿고개 아련합니다

불어오는 바람 타고
아카시아 향기에
가는 걸음 멈추니

한 잔 술에 취하고
향기에 한 번 더 취하니
어느새 동녘 하늘
밝아오기 시작한다

타향살이

타향살이 쓸쓸하면

술 한 잔에 달래고

외로워

님 생각에 잠 못 이루는구나

이 계절 깊어갈 때

무뎌진 칼 옆에 차고

그대와 함께하며

한 잔 술에

쓸쓸한 마음 달래고

외로움에

님 그리워

남몰래 울지 말고

아름다운 계절에

그대 마음 가득 담아

멀리 있는 내 님에게

사랑 편지 보내면

외로운 아내 마음

저 멀리 날려 보내고

설레는 내 님 마음

어찌 말로 다 표현하리오

오월의 축제(석가탄신일)

푸른 하늘 초록 물결

알록달록 이룬 대칭

참 아름답구나

오월에만 볼 수 있는 축제이다

오월은 사랑이고

오월은 행복이다

봄바람 살랑살랑

연등은 흔들흔들

살짝살짝 소원은

사랑 행복 건강

취업이고 부자이다

오월에만 볼 수 있는 합창이다

오월은 미련이고 아쉬움이다

미련에 얽매이지 말고

아쉬움에 실망 말고

알록달록 물든 축제

이 아름다움 속에 살아가는 것이

사랑이고 행복이고 축복이다

오월의 팡파르가 끝나갈 즈음에

12월의 축제(성탄절)

고요한 밤 거룩한 밤
별도 달도 불 밝히고
동정녀 마리아 잉태하여
아기 예수 탄생했네

탄생의 축복 속에
베들레헴 사랑으로 충만하고
예루살렘 들썩이며
만백성 춤을 춘다

축하 사절 동방박사
베풂으로 먼 길 돌아
축복 속에 불 밝히니
온 세상 축하 행렬
끝없이 이어진다

탄생의 고통은

사랑과 베풂과 자비로

아름답게 昇華 되는구나

고요한 밤 거룩한 밤

별도 달도 잠을 자고

마리아 품에 안겨

아기 예수 잘도 잔다

이른 아침

새벽안개 산허리 감고
꼬리에 꼬리 물고 사라지니
아침 햇살 눈 부시는
행복한 시간입니다

이름 모를 새
아침이슬 목축이고
목청 자랑하는
행복한 아침입니다

커피 한 잔 들고
상큼한 공기
온몸으로 느끼며

소중한 사람
사랑하는 친구 있는
난 행복한 사람입니다
우린 소중한 사람입니다

역마살

떠나는 길이 내 길이요

도착하는 곳 내 집이니

찬바람 부는 계절

두툼한 패딩에

배낭 하나 달랑 메고

무작정 떠나 보는 것도

좋을 듯합니다

6월

비가 내린다

한 해의 절반이 지나간다

복사꽃은 어느새 열매로 바뀌고

농부의 손길은 분주해진다

살랑살랑 바람에

코끝 스치는 향기는

농부의 고된 삶을 잊게 한다

너와 만남에 감사하고 행복하다

비가 내린다

장마가 시작되는

6월의 빗소리는

어디론가 떠나고픈 충동을 갖게 한다

이리저리 방황하지만

노력의 결실에

이 자리 이곳을 벗어나지 못한다

비가 내린다

한 해의 절반이 지나간다

너와의 만남은 항상 설렌다

두드림

쿵치타치 모나리자
다 같이 이기자
오늘도 북소리는
변방의 북소리

오른손 왼손
이리저리 헷갈리고
양발은 갈피를 못 잡네

헷갈린들 어떠하리
틀린들 어떠하리
이 시간 내 시간
배움의 자랑은
부러움의 대상인 것을

우린 오늘도
잘 차려진 밥상에

조금씩 익숙해져 가는

젓가락질에 행복을 느낍니다

너도 내 나이가 되겠지

세상에서 가장 행복한 이름

아버지와 아들

세상에서 가장 아름다운 이름

어머니와 딸

세상에서 가장 사랑하는 이름

부모와 자식이다

삶의 구구절절

인생이란 쳇바퀴 속에서

우리들은 늘 비슷한 환경에서

비슷한 생활로 살아가고 있다

어머니

삶의 잔소리에

아버지

허허 웃으시며

헛기침 몇 번 하고

뒷짐 지고 나가시는

처진 어깨에

말 없는 삶의 무게는

이제 내 것이 된 것 같다

내 나이가 된 것 같다

반환점을 훌쩍 넘겨버린

우리들의 인생살이

힘들고 아린 미음

마음속 깊이 감추고

이제 내 자리는

내 자식의 자리가 될 것이고

그 자식의 자식에게

되풀이되며 살아갈 것이다

너도 내 나이가 되겠지

동해바다 감포(우리들의 합창)

수평선 끝자락

촘촘히 떠 있는 고깃배들

한가지 목적에 서로 다른 삶을

살아가고 있습니다

빠르게 달려야 했던

젊은 날 우리들의 초상

보고도 느끼지 못하고

있어도 보질 못하는

삶의 시간

삶의 흔적들

이젠

천천히 걸으며

천천히 흘러가는 시간 속에

살아가야 될 나이인 것 같습니다

수많은 초승달이 일렁거리는

아름다운 밤바다

우리는 천천히 흘러가는

행복한 시간을 품에 안고

도닥도닥 두런두런

또 하나의 사랑스런 추억이 될 것입니다

광한루

천상의 궁전

광한루 달빛 비추니

벽계수 슬그머니

자취를 감춘다

이팔청춘 열여섯

어화둥둥 내 사랑

향단이 장구에

월매의 구성진 가락에

천상의 선녀

춘향이

나비 치마 흩날린다

천상의 궁전

광한루 불 밝히니

천상의 선녀 그네 타고

천상으로 올라가고

오늘도 이 도령

긴긴밤 지새우며

잠 못 이루는구나

노부부

중국 대륙 백두산 끝자락
작은 시골 마을
겨울바람 문풍지 소리에
빛바랜 백열등 불 밝힌다

여기가 중국인지
저기가 북조선인지
그 무엇 중요하랴

여기 계신 노부부
조선의 할아버지 할머니

기분 좋은 노부부
흥얼흥얼
뜻 모를 노랫소리
한 서린 애환의 소리

중국 대륙 백두산 끝자락

작은 시골 마을

백사주 한 잔에 온몸 달아오르고

겨울바람 문풍지 소리에

대륙의 밤 깊어만 간다

백년해로(百年偕老)

시월의 어느 날

모든 이의 축복 속에

당신과 나 百年偕老(백년해로)

반백이 넘은 세월

검은 머리 파뿌리 되고

고난과 어려움 모진 풍파

헤쳐 나간 百年偕老 37년

고맙습니다

감사합니다

살아온 세월보다

살아갈 시간이 짧아가는

우리들의 소중한 삶

아끼며 사랑하며

헤쳐나온 어려움 소중히 간직하고

이런들 어떠하고

저런들 어떠하리오

당신은 영원한 내 여인

그대는 영원한 내 사랑

연평도

해인(힘찬)

하늘은 온통
잿빛 구름으로 덮고
바람에 파도는
바다를 삼킨다

연평도에서 즐긴
잠깐의 행복은
파도에 산산이 부서지고
하늘을 원망하며
가족의 소중함을
간절히 느끼게 한다

구름 걷힌 하늘
햇살이 반겨주고
부서지는 파도는
바람을 잠들게 한다

살랑살랑 부는 바람

비릿한 바다 내음

한 아름 안고

떠나가는 배 난간 잡고

그립고 소중한

가족 곁으로 돌아간다